JN314702

吉本隆明 煉獄の作法

宇野邦一

みすず書房

吉本隆明　煉獄の作法　目次

吉本隆明　煉獄の作法

吉本隆明　煉獄の作法

きみは異邦人だ　きみもそして
きみも異邦人だ
いやわたしが異邦人だ
きみの眼のなかに映つているわたしは
どうです
けつきよくきみの見知らぬわたしでしよう？

——吉本隆明「死者の埋められた砦」、『定本詩集』より

序章　喪の思考

1　始まりの情況

長いあいだ敬しながら少し遠ざけ、その人の魂の内側に深くのめりこむようにして読むことを避けていた。逝去の知らせに接してから、しきりに考えつづけている。休火山のように、私のなかで眠りについていたモチーフがあったようだ。それが呼び覚まされ、もう一度新たに吉本隆明を読む時間が始まった。ただ本を読みなおすだけでなく、かつて読みつつ考えたこと自体を、つまり自分の脳髄に刻まれた時間自体を読みなおすことになる。

追悼の儀式のあとでは、安らかに葬られてしまう死者もいるだろう。追悼はすみやかな忘却さえ準備する。怒りや闘いの痕跡が中和されてしまうこともある。しかし、そんなふうにやってくる平穏な〈死後〉を拒む死者も存在するにちがいない。別に怨霊のようにではないが、その人は枕元に立ちつづけ、まだ執拗に語りつづける。私にとって、彼の書物からやってきた多くのことを思い起こすことは少し恐ろしいことになる。その言葉の憑依するような力は、私にとってまだ失われたものではない。

この人の思想から、言葉から、言動から何を受けとってきただろうか、とまず考えてみる。新刊が出るたびに、はやる気持ちを注いで読んだのはとりわけ一九七〇年代のことで、当然ながら、そのときの自分の状況と心境、そして時代からおしよせてきた波動と切り離せない読み方をしていた。しかし読むほうが若すぎて、その思想が生きた時間の曲折がよく見えていなかった。その後も読みつづけはしたが、この二十年くらいはむしろそんな熱い濃密な出会いから遠くに自分の場所を設けて、おもにフランスの思想からやってきたいくつかの難題を考えることに時間を費やしてきた。

そのような遠近を経めぐったあとでは、もはやもとの読み方にもどることはできない。しかし、かつて私はどんな読み方をしていたのか、いまならどんな読み方をするか、この変わりようはたんに私的、生理的な変化以上のどんな問題を含んでいるのか、あれからいったい思想や批評は何をしてきたのか、何を失ったのか、どんな新しい事態に直面し、どのような役割を果たし、果たしえないできたのか、ひいては現今の世界にとって、まだ切実な思想の言葉はありうるのか、といった問いがとめどなく連鎖していくのだ。

そしていま、あらためて吉本思想の〈モチーフ〉とはいったいなんであったか、と問うてみる。それは彼の書物を耽読し、理解しようとし、それに影響されていた時間には、考えのいたらないことだった。じつは魂を震撼される印象を刻まれたときには、そのモチーフにこそ巻きこまれていたにちがいないのに。

戦時の体制にすっぽり包まれた青春、そして戦後の歴史的変動や断絶や空白が、その思想の始まりにとって基本的与件だった。それはまさに戦・後の思想だった。しかし現代日本の代表的な思想や批評のあるものは、ほとんど戦争によって根本的に動揺することもなく持続しえた場合もある。けっして無傷ではすまなかったにせよ、小林秀雄はそんなふうに思想の命数をまっとうしたようだったし、林達夫のように戦前から穏健にして堅実な形で西洋近代を共有していた知識人は、そのまま思想的に戦後を生きのびることができたようだ。

むしろ若くして臨戦態勢を体験した吉本隆明、三島由紀夫たちのほうが〈戦時〉という観念をナイーヴに一身に受けとり、その結果、戦・後の断絶や空虚を、強度のトラウマのように生きたかもしれない。誰も吉本と三島が同じ思想圏にあったとみなすことはないし、さいわいなことに吉本がたどったのは百八十度異なる道であったとしても、戦時から敗戦にいたる切迫した状況が心情に深く刻まれたという点で、とても近いところに彼らはいたのではないか。この世界に裏切られ欺かれてしまった、いまでは何ひとつ美しいものも信じられるものもない、この世界は〈存在根拠〉を失った。そう思えるほどの真空と断絶が目の前にあったにちがいないのだ。「そこには、依然として天皇制が温存され、支配者は支配をつづけ、偽ものははびこり、挫折した戦士が、傷手をかくして解放の戦士のように登場していた。完膚なきまでに荒廃し、疲へいした社会的な現実のほかに、希望は一片も残されてはいなかったし、曙光はどこからも現われなかった」(1)(「戦後詩人論」一九五六年)

そういう外部世界に対して『固有時との対話』における内部の世界は、音のない、とまった時間の世界で、奇妙に明るいにしても、その光は「メカニカル」で、あくまで乾いた世界である。詩的精神は、そういう空虚な風景のなかに身をおき、硬質な内的風景を構成することによって生きのび、外部の歴史的光景にはけっして馴れあうことができず、その欺瞞の構造を抉り出すことへとむかったが、けっしてそれは戦争責任や戦犯をじかに〈断罪〉することにむかったのではなかった。絶望はまったく倫理的な性格を帯びていても、認識の方法はけっしてそのまま倫理的な立場（善悪）と結びあうことはなかった。

2 第一のモチーフ

私の印象では、初期の吉本隆明の思想的モチーフは端的にふたつあった。ひとつはまさに「抒情の論理」として表現されたもので、吉本は詩人たちがいかに戦争を生きたかをめぐってひとつの詩学を紡ぎ出した。西洋近代の美学そして思想さえもよく体得したかにみえた、つまり表現意識において先端的でありえた詩人たちが、戦時体制の圧力とプロパガンダに巻きこまれながら、深刻に引き裂かれることもなくやすやすと〈戦争詩〉を書きえた。

そういう事態（転向）に関する彼の批評は、詩の政治学であり、政治の詩学であるような観点を鋭利に提出していた。詩的言語に〈政治性〉を読みとることは、けっしてその言語が意味する政治的主張や意識を読みとることではない。政治を問題にしようとしてわざわざ詩的言語をとりあげるのは、日本近代の知識人の無意識にひそむ「感性的秩序」に光をあてるためだった。若い吉本にとって問題は詩作をみちびく「感性的秩序」であり、その秩序において支配的体制から「自立」しえたか否かであり、それはたんに〈戦争詩〉だけに関する問いではなく、日本近代の詩と文学そして思想における知的、感性的秩序の深層にかかわる問いにつながっていった。

明治以来の日本の詩人について書きながら吉本は「透谷のくびれた死骸の上で、日本のみるも無惨な近代は、その経済的、社会的な基礎工事を完了する」(2)と書いたことがあった（「日本近代詩の源流」一九五七—五八年）。やがて第二次世界大戦の戦争体制を支え鼓舞することになるような「感性的秩序」とは、すでに自由民権運動やナショナリズムをめぐる葛藤を生きた明治の詩人たちの問題でもあった。

性急に読んでしまうと、吉本のこのような詩学と詩人論からは、日本近代の詩的創造が、表層だけで西洋近代の意匠を受け容れながら、深層の感性においてはあくまで古層を保存したままだった、という批判だけが浮かびあがってくることになりかねない。しかし、それは日本人の「歴史意識の古層」を批判的に抽出しようとした丸山眞男（『忠誠と反逆』）のような近代主義の見方とは少し異

(1) 吉本隆明『マチウ書試論／転向論』講談社文芸文庫、一九九〇年、二一二ページ。
(2) 吉本隆明『詩学叙説』思潮社、二〇〇六年、一三二ページ。

なっていた。すでに透谷が体現していたような「近代意識確立[3]」という問題は、吉本にとって、なぜ詩的近代性が近代日本の支配構造に対して批判的自立性を獲得することができなかったのか、という問いにほかならなかった。丸山はただ〈祖形的なもの〉を摘出する学問的立場に落ち着いていればよかったが、吉本はその祖形的なものが近代日本でどのような葛藤として生きられたかを問題にすることになった。「詩を構成している感性的な秩序そのものが、現実社会にたいして否定的または批判的機能をもつことは不可能であろうか[4]」と吉本は問うた。モダニストもプロレタリアート派も、「社会的現実にむかう反抗の意識化と、内部の詩意識の論理化[5]」という課題をなおざりにした、ということが吉本の一貫した論点となった。「現実社会の秩序が機能的に批判または否定されないところでは、詩を構成している感性の秩序は、現実社会の秩序と構造をおなじくする外はないのである[6]」

日本の近代詩に、いわば挫折した近代を読みつつ、自立（自律）の批判的論理を研ぎ澄ませていった吉本の詩学は、やがて『言語にとって美とはなにか』（一九六五年）にいたって、この「詩学」の問題を日本文学史に照らし、できるかぎり理論的に掘り下げようとした。こうして吉本はほとんど西洋文学に言及することなく、もっぱら自立的に、文学史ではなく「表出史」として、日本語の文学的創造を記紀歌謡にまでさかのぼって分析することになる。文芸批評であり言語思想であるような長大な探求となるこの「詩学」の展開は、「指示表出」が与えうる社会的表象ではなく、むしろ言語の指示機能さえも根底で支える「自己表出」を概念化し図式化する試みとなる。言語は、言語として分節され何かを指示するには意識の一定の〈強度〉をともなわなければならない。この〈強度〉は言語を使用する主体の自己意識の強度であり、言語が何かを指示しながら同時にそれ自体に内包する感覚や思考や想像のすべてにかかわる。「自己表出」は吉本が初期の詩学でとりあげた近代詩における「感性的秩序」という問題にも対応していた。「感性的秩序」は、指示（意味）よりも「自己表出」の厚みを通じて表現されるからである。

一貫して指示表出（x軸）と自己表出（y軸）に規定される平面に文学の言語を配置し、図式化し空間化しようとする吉本の試みは、とりわけ「形式」に注目したという点で、きわめて構造主義的であると同時に、いたるところでヘーゲル的な〈弁証法〉を援用している。弁証法とはあくまで時間のなかに展開される論理であるかぎり、むしろ非空間的な観念の運動そのものである。ここには奇妙な矛盾があった。

それは詩人たちの転向という問題から発して、文学の言語とはそもそも何かを、時代をこえて問うという壮大な、そして切実な体系的詩学の試みであったが、奇妙でもあり感動的でもある自己矛盾にみちて、錯綜した不明瞭な部分がいくつも含まれていた。

（3）同、一四〇ページ。
（4）「『四季』派の本質」、同、二三四ページ。
（5）「現代詩の問題」、同、二一〇ページ。
（6）「『四季』派の本質」、同、二二三ページ。

たしかに吉本隆明は「自己表出」を定義するためにマルクスであれヘーゲルであれ、彼らに示唆された〈弁証法〉を必要とした。

> かれ〔マルクス〕が〈意識〉とここでいうとき、自己に対象的になった人間的意識をもんだいにしており、〈実践的〉というとき、〈外化〉された意識を意味している。こういう限定のもとで、外化された現実的な意識としての〈言語〉は、じぶんにとって人間として対象的になり、だからこそ現実的人間との関係の意識、いわば対他的意識の外化になる。(7)

> 　この人間が何ごとかをいわねばならないまでになった現実の与件と、その与件にうながされて自発的に言語を表出することのあいだにある千里の距たりを、言語の**自己表出**（Selbstausdrückung）として想定できる。自己表出は現実的な条件にうながされた現実的な意識の体験がつみ重なって、意識のうちに幻想の可能性としてかんがえられるようになったもので、これが人間の言語が現実を離脱してゆく水準を決めている。それとともに、ある時代の言語の水準をしめす尺度になっている。言語はこのように、対象にたいする指示と、対象にたいする意識の自動的水準の表出という二重性として言語の本質をつくっている。(8)

また「韻律」とは何かを考える際も、ヘーゲルの『美学』について吉本はこう書いている。

注目すべきなのは、意味としての言語も、価値としての言語も、対他―対自的なものだが、韻律としての言語が内容とも対象とも異なった「主観に帰属するもの」、いいかえれば意識それじたいにねばりついてはなれないもの、完全に対象的に固定化されないものとみている点だ。(9)

こうして展開された弁証法的詩学には奇妙な磁力があって多くの読者をえたにちがいないが、同じくらいの斥力も発揮したらしい。言語学、哲学、国文学などのアカデミズムはもちろん、けっしてアカデミズムに安住していたわけではない学者たちからも、あまり真剣な反応や反論がなかった。吉本のほうでも、論争にそなえる姿勢はあっても対話など望んではいなかった。そもそもこの弁証法‐詩学の結合自体が、自己矛盾をはらんでほとんど奇観を呈していた(といまは感じるのだ)。弁証法というまったく西洋的な理性の方法は、あらゆる矛盾や否定をまさに〈止揚〉して、より高度に〈絶対理性〉にむけて進む包括的な方法なのだ。これほど非文学的で詩に反する論理はない。詩とはむしろ統合ではなく、あらゆる現象の差異に密着し、たえず事物の細部や間隙に生命を発見するような言葉であり思考ではないだろうか。吉本の弁証法的詩学、そして詩的弁証法は、どうや

(7) 吉本隆明『定本 言語にとって美とはなにか』角川ソフィア文庫、二〇〇一年、三二ページ。
(8) 同、三六―三七ページ。
(9) 同、一三〇ページ。

らマルクス主義者にもヘーゲル主義者にも、そして詩人たちにも近づきがたいものだった。しかしあの時代に、詩的なものも史的唯物論も根底から問われなければならなかったし、問われるべきだった。そういう思想の状況に敏感だった読者たちに、詩学と結合したこの弁証法は強い磁力を発することになった。

「ヘーゲルは幼稚ではない。巨大だ」。「一見するとだれにでも明瞭にみえるヘーゲルの〈歴史〉概念の観念性はけっして一筋縄でもないし、幼稚な空想や頭脳の戯れではない[10]」。初期マルクスのヘーゲル読解を通じて吉本は、なぜヘーゲル主義者であろうとするのか数行に要約している。

〔マルクスの言おうとしていることのひとつは〕ヘーゲルの論理と認識の骨格である「否定の否定」の弁証法のなかにある「真実の唯一の肯定的なもの」あるいは「一切の存在の唯一の真なる行為および自己確証行為」の論理的な模写が存在し、これが現実的な人間の〈意志〉の総体的なものである〈歴史〉的なすべての行為に照応しうるということであった。ある定立された概念のあいだの「否定の否定」の弁証の存立の仕方こそが空間的な〈移行〉と時間的な〈展開〉の動きに対応しうるということであった[11]。

「否定の否定」であるような観念こそが、見かけだけ肯定的な意志の論理を超越して、歴史的現実の核心をとらえうるという吉本の説明は、論証的というよりも、ほとんど詩的な確信にみえる。少なくとも初期の吉本の詩学的思考は、和解にも総合にもたどりつこうとしない強度の否定性とともにあった。けれどもこのヘーゲル主義は、ある世界史の段階における、それも西欧の眼に映った、ある世界史の観念に密着したものであり、そのような歴史哲学はけっして普遍的に共有しうるものではない。思想家の信念それ自体も、多かれ少なかれ歴史に属するものだ。いうまでもなくヘーゲルの弁証法は、西洋の覇権や支配の歴史と切り離せない。「ヘーゲル的病」「ヘーゲル的吃り」「ヘーゲル的泥濘」と罵倒を連発したのはニーチェである。

こうしてひとつの日本的詩学がヘーゲル主義と奇妙な婚姻を結んだけれど、もちろんこの詩学はヘーゲルの観念にすっぽり包まれていたわけではない。吉本がマルクス主義者である以上に長くヘーゲル主義者であったことは少しおどろきだが、たしかに吉本は、ベンヤミンやアドルノのように弁証法の現代的使用法を見いだしたともいえる。総合も調和も知らない弁証法として、弁証法は現代にも生きのびたのだ。そんな弁証法が、遠く記紀歌謡における韻律や喩えに例外的な直観でせまり、また何よりもまず戦後日本の空漠とした状況において、それよりはるかに強度の真空を生み出すようにして詩を書いた詩人の思想に注ぎこんだのだ。そういう詩的思考とヘーゲル－マルクスをつらぬく論理が硬く結びつくことになったのは、吉本の強い思想的モチーフと抽象力があいまって

(10) 吉本隆明『心的現象論本論』文化科学高等研究院、二〇〇八年、二六九ページ。
(11) 同、二七〇ページ。

なしえた独創ともいえる。そういう力とモチーフが、彼自身の時事的な発言などよりもずっと深い次元で彼の思考を決定していた。

しかしそれは奇妙な矛盾を動力とした独創であり、戦後というあの時代に固有の知的環境の産物でもある。そこで、かつてそれに強く引かれ、やがて同じくらい強く反発せざるをえなかった私自身のプロセスを点検しながら、吉本の弁証法的詩学の〈モチーフ〉をあらためて読解する必要にせまられるのだ。

詩的な方法とは、すなわち知の外に出ようとする「非知」の方法でもある。ところが弁証法とはもちろん知的な方法であり、否定に否定を重ねて絶対知(理性)に到達する方法である。詩的であり弁証法的であることは、当然ながら矛盾し相反するが、弁証法は、そういう矛盾さえも動力にして進むのだろう。そしてすべてが詩になりうるのなら、矛盾、弁証法さえも詩になりうるのだ。老年にさしかかって、弁証法的緊張を緩め、また新たに闊達な詩的境地を開いたようにみえる吉本は、にもかかわらず最後までこの詩と弁証法という結託とともに考え書きつづけたにちがいない。

私が自分に課した問いは私自身に問えばいいもので、多くの根本的な問いを投じ、しかも広く受容された独創的な思想をなしとげた人物に、彼のものではない問いを投げかけるべきではないかもしれない。しかしそんなふうに割り切ってしまうなら、この思想家をすでに歴史的過去に、ノスタルジアに追いやり、清算してしまうことになる。そこで私は、まだ生きている思想として、彼の詩学と弁証法の、魁偉であり怪異でもある結合についてあらためて考えずにはいられない。懐古的にではなく、現在の時空間に深く介入しうる思想として彼の思想を読み改める必要を感じるのだ。

3 「関係の絶対性」から幻想論へ

もうひとつのモチーフとは、関係、愛、性愛にかかわる思索を導いたもので、これは彼の思想における〈倫理〉に、そして〈政治〉にも連鎖していったことだ（すでに彼の詩学が、ひとつの政治学でもあったことを忘れないようにしよう）。

> 現代のキリスト教は、貧民と疎外者にたいし、われわれは諸君に同情をよせ、救済をこころざし、且つそれを実践している。われわれは諸君の味方であると称することは自由である。何となれば、かれらは自由な意志によってそれを撰択することが出来るから。しかしかれらの意志にかかわらず、現実における関係の絶対性のなかで、かれらが秩序の擁護者であり、貧民と疎外者の敵に加担していることを、どうすることもできない。加担の意味は、関係の絶対性のなかで、人間の心情から自由に離れ、総体のメカニズムのなかに移されてしまう。(12)
>
> （「マチウ書試論」一九五四年）

(12) 吉本隆明『マチウ書試論／転向論』一三八―一三九ページ

「関係の絶対性」は何よりもまず「自由な意志」に対立させられた。関係は意志に先行する。意志もまた関係のなかで、「総体のメカニズム」のなかで意志するしかない。「革命」を望むことも望まないことも「関係」によって決定されるが、その「関係」自体が思想の対象になることはまれだった。やがてフロイトへの傾倒を深めていく吉本は、「関係」の根拠を共同の幻想という「無意識」へと通底させていった。堅固な原理的マルクス主義者という一面をもった吉本にとって、関係を決定する無意識は、さらに経済的下部構造にも通底するものであっただろう。しかしそれ以上に、この「絶対性」の観念は吉本の倫理的ペシミズムに根ざしていた。キリストに忠実に従うと誓ったのに無意識に眠りこんだり、弟子であることを否認したりしたペテロの状況は、まさに彼自身の意志以外のもの〈関係〉に決定されていた。

もちろん吉本の思想は、人間はいい加減で弱いものだ、矛盾を断ち切れないものだ、として許すような態度ではない。吉本の孤独な立場は、キリストのものでもあるが、それにしても彼はペテロを非難するよりも、むしろ批評するのだ。彼の批評はまず戦時の知識人の〈転向〉にむけられたが、転向を断罪するよりも転向の構造について考えようとした。近代の詩人が「感性的秩序」において十分に近代的でなかったことを批判したとき、吉本の批判はむしろ日本の近代的意識の構造的〈歴史的〉分析にむかったが、「マチウ書試論」の批判は聖書を読みながら、日本の近代を考察するよりもはるかに普遍的な視野で、意識や意志ではなく「関係」に規定される人間について考えている。

転向した詩人たちの「感性的秩序」さえも、やはり「関係」によって規定されるにちがいないのだ。そして吉本は、転向しなかった（と自称する）知識人にはもっと辛辣に対した。その後も〈正義〉や〈自由〉や〈平和〉を標榜する党派や知識人の「無意識」を糾弾することが、過剰なほど彼の思想的習性になった。まさにこの過剰さがなければ、吉本の思想の牽引力もなかった。

マチウ書（マタイ伝）について書いた吉本は、もはや「詩学」では被えない別の問題に遭遇していた。要するに吉本隆明は、人間の倫理性に深い不信を抱いていたのだろうか。それともむしろ別の面を信じていたというべきだろうか。彼は一方で、親鸞の〈信〉をけっして手放すことがないのだ。戦中戦後の転向者や偽善者たちを徹底的に弾劾することが、けっして彼の課題ではなかった。「善人尚もて往生をとぐいわんや悪人をや」という親鸞の逆説を深く受けとめたのは、まさに別の倫理を信じたゆえだろう。この倫理を結局、吉本はマルクスにもフロイトにも（そしてヘーゲルにも）預けきることはできなかったはずだ。

たとえばスピノザの〈倫理《エティカ》〉とは、自由意志さえも決定する身体の情動を根拠とするものだった。その身体は、触発し触発される多様体であり、そのような〈倫理〉は、身体の存在に根ざす〈倫理〉としてまったく明快にうちだされた。もちろん社会を構成する人間の身体は、たんに生物学的有機的な身体ではない。それは蓄積され、たえず再編成される力関係の網目のなかにあり、みずからもそういう網目を構成する身体である。そういう網目を精細に観察することがスピノザの倫理学の課題となる。吉本の〈倫理〉はそういう〈倫理《エティカ》〉に開かれてはいかなかった。

怠惰で臆病で保身的なペテロは人間の普遍的な姿であり、もちろん吉本の倫理はそういうペテロをただ非難するものではない。むしろ意志を決定する関係の力学を見まいとする心理の暗い屈折が重なり、その屈折に突き動かされ、ときに人間はこの世界を撹乱し、暗鬱な支配を生み出すことさえもある。吉本の倫理学はそういう心理と、そこからくる〈倫理〉に怒りと憎しみをむけたのだ。革命的党派やマルクス主義者たちも、そういう屈折によって、つまり「関係の絶対性」を視野から排除しながらそれに決定されることで抑圧的な暴力を行使してしまう。彼の批判はとりわけ左翼に対して厳しかった。

すでに『共同幻想論』（一九六八年）にその傾向ははっきり示されていたが、やがて彼はマルクス主義者である以上にフロイト主義者となっていった。「関係の絶対性」に準拠する倫理はやがて無意識の性愛を焦点とする論理に転移していった。『心的現象論序説』（一九七一年）には、ドイツ系の現象学的精神医学の反響がみられるが、それ以上に吉本はフロイトの精神分析そのものに回帰し、そのあと長期にわたって連載される『心的現象論』でも、意外なほどフロイトの図式に忠実でありつづけた。フロイトの図式を簡便に応用し、日本的心性とは何かを論じるために利用した人は少なからずいる。しかしフロイトの分析をひとつの〈思想〉として、その根本のモチーフまで読みとり、思想的に受肉しようとした人は数少なかった。

フロイドは口唇性愛、肛門性愛、性器性愛というような概念をつくりだした。そして神経症の症状をこの過程への過度な固着として解析したのである。対象的な性愛に入りこんだ時期におけるもっとも重要な〈リビドー〉的な契機は、両親にたいする〈性〉的な関係にあるとかんがえられた。なぜなら対象的な愛に到達した青春期において、もっとも巨大な、もっとも重たい〈性〉的な契機として、この対象愛のまえに聳えたつのは、それまでの十数年の全過程で、もっとも第一次的な養育者であり、精神的権威であり、また〈性〉的に接触する雰囲気であった両親だからである。(13)

ところで、「性欲」は人間においては大なり小なり〈観念的〉であり、そのためそれ自体を自己目的としうるという性格をもっている。いいかえればリビドーとして〈倒錯〉的でありうるということは、大なり小なり人間をその他のすべての動物性から区別する標識であるといっていい。〈倒錯〉には「性欲」の人間的な矛盾がもっともよくあらわれている。(14)

まず『心的現象論序説』で、さまざまな症例を空間性と時間性というふたつの座標に配置し、心的次元における空間と時間の歪みや、時空の連結の異常として症例を考察した吉本は、フロイトの

(13) 吉本隆明『改訂新版 心的現象論序説』角川ソフィア文庫、二〇一三年、三四―三五ページ。
(14) 吉本隆明『心的現象論本論』三七ページ。

〈去勢〉の論理にすべてを還元したわけではない。家族のなかの心的現象〈対幻想〉の分析としては説得的でも、その分析をそのまま社会的次元にまで拡張したという点で、吉本はむしろフロイトを批判したのである。

それにしても『序説』は、そもそも心的次元を「疎外」として獲得した人間の、その疎外の構造を時間と空間にかかわる関数として定義するというきわめて思弁的な内容をもっている。『言語にとって美とはなにか』にならって、しばしば二次元の座標上に心的現象が図解される。さらに『本論』のほうは約三十年にわたって連載され、精神病理学だけでなく神経生理学、胎生学、発達心理学から人類学にいたるまで広大な多層の次元において「心的現象」を考察している。しかし「時間化度」や「空間化度」、そして「原生的疎外」や「純粋疎外」という『序説』の基本概念を、吉本は『本論』ではすっかり手放してしまった。『序説』の思索を牽引した壮大な体系的野心のようなものが『本論』では影をひそめ、果てしない哲学的彷徨に変わっていった。壮大なアマチュア学ともいうべき知的遍歴が「心的現象」をめぐって展開されたのだ。そして心理学から、そして哲学からこの探求について真剣な応答があったか、私はほとんど知らないのだ。吉本の熱い支持者たちはあいかわらず学界の外にいた。吉本は〈外〉にいたからこそ支持された。吉本の思想が大学や学界の外で形成され展開されたこと自体に特別な意味があった。知の制度や制度としての知を批判しながら、批判としてもスタイルとしても大学の外部の知をつくりだして、少しサルトルがフランスで演じたような役割を吉本は引き受けることになった。

そして詩人であると同時に工学研究者であったせいもあるだろう。この批評家は全面的にではないとしても、ある抽象化と図式化の方法に独特のこだわりをもった。詩的であり、かつ科学的な方法として吉本が到達したのは、たとえばポール・ヴァレリーの洒脱にして軽やかな文体ではなく、むしろヘーゲル、フロイト、マルクスという三位一体に共鳴する重厚な弁証法的文体だったが、けっしてその方向において結晶してしまったわけではない。やがて老いた批評家は、〈老い〉を文体的な骨格のなかに素直に注ぎこんだ。弁証法的、体系的なオブセッションはしだいに氷解していったようだ。しかし老いた吉本は何も失ったわけではなく、思想家として弛緩したというわけでもなく、彼のなかの本質的な部分を、柔らかく適切に熟させることに成功したかもしれない。それを変節、あるいは弛緩ととらえることもできなくはない。しかし老いてなお書きつづけ、とりわけ語りつづけることによって、つまり反復の力によって、彼の持続は若い日から培ってきた思想の核を、ときにいぶし銀のように輝かせたかもしれないと思う。

関係、エロス、幻想（対幻想、共同幻想）についての彼の思索は、ときにユングのような、しかしおおむねフロイトの図式にしたがう〈原型性〉に、そしてあいかわらず〈絶対性〉に執着するものだった。それでも彼の詩学と詩的センスは、みずから生み出した理論的硬直や閉鎖性を乗りこえていくだけの機動力を失わず、新しいメディア、テクノロジー、〈サブカルチャー〉、変貌する資本主義についても闊達に論じつづけたが、やはり彼は奇妙なエディプスでありつづけたらしいのだ。

『心的現象論本論』のほうで彼は、フロイトではなく、ウィリアム・ライヒのインタビューを長々と引用している。「幼児というものは、誕生直前および誕生直後において、その情動的欠乏状態、その自然な、情動的な生命表現のために亡びてしまうことがあるということです[15]」と語るライヒは、幼児は誕生とともに出会うこの世界にNOを突きつけ、「人間は鈍感になり、死んだ状態になり、無関心になってしまう[16]」と弾劾した。フロイトがまるでコロンブスのように無意識の大陸を発見したことを讃えるのに、ライヒはやぶさかではなかった。しかし割礼によって、文化によって、制度によって無意識が抑圧を受けることをフロイトが必然であり必要であるとさえ考えたことを、ライヒは猛烈に批判したのだ。

「オルゴン・エネルギー」「生命エネルギー」を科学的に測定しうる実体として発見したというライヒはまた、フロイト自身が生ではなく死を願望していたとみなして糾弾した。フロイトは無意識を発見しても神経症を治癒しえないことに絶望していた。ライヒは、そういうフロイトの「絶望」さえも批判した。「木が一度曲ったままのびてしまうと、あとでそれを矯めることはできない[17]」。ライヒの考えでは、フロイトの無意識とは、まさに死を願望し、生誕と同時にその願望によって歪められてしまうものだった。もちろん吉本の原則的立場は、まだフロイトのほうにあり、精神分析の課題とはあくまで無意識の抑圧を分析することであり、けっして抑圧を一気に粉砕してしまうことではない。ライヒは、去勢する父のNOに対してさらにNOと叫ぶ新生児と母との「大洋的感情」ともいえる合一の感情を讃えた。そういうライヒの主張は「限度の外に入っている」と記しながら、それでも吉本は長い引用を続け、ライヒの激しい語調をそのまま伝えている。

ベイトソンの調査したバリ島の母子関係や、三木成夫『胎児の世界』が提案した胎児の発生段階をそのまま生物進化の歴史に重ねる発想や、発達心理学がそれぞれに記述する母と未熟な乳児との長い共生の時間に、吉本は注目している。こうして象徴的な〈去勢〉を受ける前の、幼児の成長過程を拡大して見つめ、とりわけ〈母子関係〉として心的現象の発生を解明しようとしたようなのだ。これは少なくとも『心的現象論序説』では、ほとんどふれられていない側面だった。

『母型論』（一九九五年）というようなタイトルが端的に示しているように、晩年の吉本はたしかに母系的なものの母型的なものを無意識や言語や制度の発生的過程にみることをひとつの顕著な主題として繰り返したのである。そのこだわりは何を意味しているだろうか。老境に入った思想家の生理や心境を考慮に入れてそれを精神分析することもできるだろう。しかし私の問いは、そのような思考がいったい何を照らし出すかということである。

それはとにかく父性という中心によって統合される無意識の弁証法とは逆向きの思考を示していた。要するにそれは、父性を排除して母性に回帰することだったのか、それとも父の権力をそもそも虚妄とみなし不毛とみなそうとしたのか。あらためて柳田國男ふうに〈妹の力〉を迎えようとしたのか。父を排除するかのような母―息子の生殖システムを幻視していたのか。吉本は『共同幻想

(15) 同、四四六ページ。
(16) 同、四四七ページ。
(17) 同、四五五ページ。

論』においてすでに神話時代の、姉弟あるいは兄妹による双極的な統治に、あるこだわりを示しているが、それもまた母系制を背景にして対の幻想を頂点におくような共同幻想の形態であった。

こうして初期の思想を導いた「関係の絶対性」というモチーフは「共同幻想」に接続され、それとは次元を異にする「対幻想」の探求にもつながっていった。そして『心的現象論』は、フロイトからライヒにいたる精神分析の構想を援用して起源の心性を考察するもくろみとなり、「共同幻想」よりもむしろ「対幻想」の原型に、つまりは「母型」に収束していった。彼自身のこういう変化の過程そのものを吉本はけっして考察の対象にしていない。しだいに体系的な構築から脱し、脱力して、晩年の吉本は領域をこえて闊達な批評を続けていったけれど、現代世界の破局的な事件については、あいかわらず原理的な場面から発言するだけで、その原理的思考がどのような問題系において展開されてきたかを知らないものには、しばしば説得性を欠いていた。

4 ジャン・ジュネに訊く

『書物の解体学』(一九七五年)で吉本隆明はジャン・ジュネについて書いている。この本を私は、やっと腰をすえてフランス文学にむかおうとしていた時期に大切に読んだ。それなのに後になって『ジュネの奇蹟』を書いたとき、私はこのジュネ論の存在をすっかり忘れていた。奇妙な忘却で、まるでそれを忘れないかぎり私はジュネについて書くことはできなかったかのようだ。

このやや冗長な作品、人称のくるくる移りかわる作品、そして〈盗み〉と〈放浪〉とふしだらから〈男根〉や〈同性愛〉の不可避さを体得した奇譚作家。汚辱を〈風景〉の生理としてとらえざるを得なかった作家。(18)

あの時代にジュネがどう読まれていたか巧みに要約しているが、たしかに吉本は、悪と同性愛の体験を描いただけのナイーヴな〈外道の〉作家としてジュネをあつかってはいない。〈風景〉について語るのは、ジュネの作品に描かれたどんな体験も、ある〈鏡面〉のイメージとして、まず見つめられたことをいうためだった。そういう〈鏡面〉を、ジュネは書き言葉とともにしたたかに構築していた、そのような〈風景〉=〈鏡面〉として生成されたジュネの文学は、男性でも女性でもない〈無性〉を生み出した、と吉本は言う。「〈無性〉化に適するとは、自己の生理を、あるいは他者の肉体を〈風景〉とみなすことができるという、あの視線と距離とを意味している」(19)

この「視線と距離」に深くかかわることだが、誰よりもジュネ自身が、〈盗み〉について書くことと、それを実際におこなうことのあいだの越えがたい〈距離〉を意識し、これについても書いて

---

(18) 吉本隆明『書物の解体学』講談社文芸文庫、二〇一〇年、一三一ページ。
(19) 同、一三四ページ。

いる。詩や小説を書くような人間が泥棒の現場ではまったく無能になってしまうことを指摘し、監獄で書かれる本は、監禁状態や犯罪者の直線的な暴力に対しては「斜めのアプローチ」をするしかない、とジュネは書いている。

『書物の解体学』は、あの時代の華々しく、そして暗くアナーキーなヒーローたち（バタイユ、ジュネ、ロートレアモン、ヘンリー・ミラー……）の神話的オーラを解体する批評でもあった。戦前そして戦後日本の前衛に対して辛辣な根本的批判をむけてきたように、吉本は六〇年代、七〇年代の破壊的な美学や性的道徳的逸脱にもけっして無関心ではなかったが、むしろ慎重に、怜悧に応対した。

道徳と性の敷居（バリアー）を侵犯したかにみえるジュネの文学も、「ジャン・ジュネというありふれた天才的な小盗作家が開示しているのは、結局、人間はいかに人間を離脱できないかということに帰せられるようにおもわれる」と断定しないではいられなかった。「頓馬たち」は、日常性のバリアーをこえたジュネが「いちかばちか」の選択をしたと思って彼の書物に飛びついている。「日常性のなかに非日常性を、非日常性のなかに日常性を〈視る〉ことができないとすれば、この世界は〈視え〉はしない」[20]。ここでも吉本は、道徳や性愛の境界を侵犯するといったことも、けっして自由意志の選択によるのではなく、ある関係によって絶対的にせまられ、またはせまられないこと（関係の絶対性）にしたがう、と言いたいのだ。そして日常性とは非日常性でもあるというこの「弁証法」に、ジュネもバタイユもミラーも収束させてしまう。

私もまたそういう「頓馬たち」のひとりにちがいなかったが、この「解体学」の見解を読んだときには、ある爽快な感じも覚えたのだ。外国文学者たちのあいだで、こういう「弁証法」をもって作家論を書く人は、ほとんど皆無だったと思う。しかしそれによって当時私の心身を揺さぶった作家たちの迫力がけっして殺がれることはなかったし、中和されもしなかった。

ジュネの生きた世界を吉本は「地獄」ではなく「煉獄」と名づけた。犯罪者たちが犯罪歴をひけらかす世界さえも、ある「不可避性」や「自然」や「本来性」に決定される。言葉を変えているが、あいかわらず「関係の絶対性」と彼はつぶやきつづけているのだ。「ジュネの冗長な、ある意味で退屈な作品に、啓示があるとすれば、たぶん、この〈煉獄〉からの視線の特異さになければならない」[21]。ジュネがいくら死刑囚を讃えようと、ジュネ自身は死刑囚ではないのだから、決定的に侵犯したものと侵犯しないものとのあいだに、彼は中性的存在として宙吊りになっているしかない。吉本が指摘しなくても、この立場を厳密につらぬいて、境界線の形象をたどりつづけたのはジュネ自身だった。吉本は「〈煉獄〉の作法」とジュネの文学を呼んで、そういう厳密さを評価しているようにみえる。ところがジュネを読む「頓馬たち」はしばしばごまかされて、それを「地上の作法」として読んでしまう、と吉本はいうのだ。

「意志した革命者はいつか革命者でなくなるにきまっている。なぜなら〈意志〉もまた主観的な覚

(20) 同、一三五ページ。
(21) 同、一四四ページ。

悟性にすぎないからである。ただ〈強いられた〉革命者だけが、ほんとうに革命者である。なぜならば、それよりほかに生きようがない存在だからである」と吉本はこのジュネ論のほとんど結論のようにして書いている。しかし、これはもはや『泥棒日記』を書いた人物の問題ではない。「自己の生理を、あるいは他者の肉体を〈風景〉とみなすことができるという、あの視線と距離」という指摘を、吉本はそれ以上詳らかに展開してはいないが、ジュネのほうはそのような「視線と距離」を通じて、あらゆる事物や出来事を細かい襞と振動に微分する徹底した美学を鍛えあげたのだ。その結果、ジャコメッティやレンブラントの芸術について書くことが、ジュネにとっては、そのままこの世界の力関係を透視し、隠蔽され排除される生の叫びをすくいあげる試みになった。そのような言葉と思索を、やがてジュネは晩年の長編『恋する虜』に集積することになる。そこでまさに彼は「強いられた革命」であったパレスチナの抵抗の、まったく例外的な伴侶となった。吉本のように革命は自由意志か、それとも強いられるものかと問うことは歴史のある状況、ある位相では切実でありえても、それはフランス革命の問題でも、パレスチナそしてアラブの革命の問題でもなかった。[22]

詩人批評家吉本隆明は、美学に対しては頑なに距離をおいて、多くの問題にむしろ倫理的に対処した。もちろん何が正しいか誤りであるか、というふうにではなく、人はどんな関係、状況において正しかったり誤ったりするか、と問う倫理だったのだ。その倫理はやがて壮大な幻想論として展開された。つまり人の意志さえも決定する〈関係〉とは、幻想（つまり心的現象）としてやってくるのであり、幻想の構造に規定されるということである。『共同幻想論』は『古事記』と『遠野物語』(柳田國男)を〈一次文献〉とする「幻想」の研究であり、「共同幻想」とは国家の原型であり酵母なのであった。『古事記』はすでに多くの点で国家装置の特性をもつ支配体制下の神話集成であり、『遠野物語』はむしろ国家以前、国家的幻想に憑依される以前の狩猟採集社会の痕跡を多くもっている。

ひとつの社会体制や支配体制を「幻想のシステム」として考察することはすでにひとつの〈固有〉の選択である。吉本は普遍的理論をめざしたかもしれないが、それは日本語の神話や民話の文献を手がかりにした幻想論であり、天皇制的なものの原型をさぐるという動機からしても、日本的幻想論の試みであった。そして幻想《ファンタスム》の理論的考察は、多くの場合、精神分析を参照している。やがてそれは歴史学、神話学、人類学、民俗学、精神分析学、文芸批評のあいだを自在に往来するすぐれた器用仕事《ブリコラージュ》として展開された。

しかし別の観点では、国家論はむしろ権力論の一ケースであり、権力論は必ずしも幻想論ではない。ニーチェ以降の哲学の試みにとっても、力(への意志)の分析は、まったく具体的特異的なさまざまな実践(戦争、統治、監禁、自己への配慮、生命への配慮……)をめぐるもので、これにとっては言語(表現)でさえも具体的な効果をもつ固有の実践なのだ。八〇年代から私にとっては、むしろ

(22) 同、一五〇ページ。

後者の傾向が切実なものでありつづけた。しかし日本語で日本列島の歴史に包囲されて思想するうえでは、吉本の「関係論」と「幻想論」を、そしてその粘着質な弁証法的思索の軌跡をけっして忘れることはできなかった。

私自身の生きてきたこの二重人格的状況について、もう少し考えを進めなくてはならない。そのため、喪の時間をすごしながら、吉本隆明の主要著作の地図を書きなおす必要にせまられることになった。

I

A　最初の問い

1　批判の〈アンビヴァランス〉

初期の代表的な評論のひとつ「マチウ書試論」には、吉本隆明が生涯反復する主題が圧縮され表現されている。戦後を生きた一青年の心象風景は、ただならぬ思想的葛藤の痕跡とともに、まず彼の詩的作品に克明に記されていた。しかしその思想的葛藤そのものは、やがて散文のかたちで、状況や論争にじかに触れるのではなく聖書の独創的な読解のかたちで表現され思考された。この迂回と選択自体がかなり異様なものだった。

マチウ書（マタイ伝）というテクストが旧約聖書の記述をどのように剽窃し、再構成しながら書かれたかにふれてはいても、けっしてこの評論は書誌学的研究ではなかったし、教義をめぐる神学的研究でもなかった。神学を専門に研究したことのないアマチュアの評論なのに、福音書の書き手のイメージは驚くほど克明に把握され、近傍に引き寄せられ、強靭なモチーフをつらぬく思索が展開されていた。その後もキリスト教は吉本の持続的関心のひとつとなるが、彼は戦後日本のただなかにある自己の状況を福音書の成立の背後にあった熾烈な闘争に重ねようとした。すでにキリストをとりあげた日本近代文学の作品はあったにしても、福音書の成立過程を厳しい思想闘争の場としてとりあげるような想像力は例外的なものにちがいなかった。あたかも、そのような遠い時空間に問いを託さなければ、この書き手はみずからの思想を始めることができなかったようなのだ。

　戦後の一時期に教会に通ったこともあった吉本にとって、すでにキリスト教に対する立場そのものが「近親憎悪」的である。キリスト教に、またマチウ書の作者に吉本は厳しい批判をむけている。たしかにニーチェのキリスト教批判が背景にあった。新約聖書の底流を流れている何かしら〈病理的なもの〉を、吉本は「生理的憎悪感」「パラノイア」「被虐的な思考」「心情のマゾヒズム」「倒錯心理」「アンビヴァランス」などと形容しながら抉り出している。

　この「批判」は、復讐と怨念の宗教としてキリスト教を糾弾したニーチェや、とりわけ『ヨハネの黙示録』に凝縮されたような生命と安逸を呪詛する怨恨的性格を批判したD・H・ロレンスの思考につらなるものである。ロレンスはキリスト自身を肯定しながら、むしろ『黙示録』に圧縮された心情にキリスト教の病理の根源をみたのだ。彼にとって『黙示録』は、異教的なコスモス崇拝の刻印を含んで生気にみちた側面をもちながら、一方では生命を呪詛する抑圧的怨恨的な終末論を展開したという意味でまったく両価《アンビヴァラン》的で、両義的な書物だったのだ。

　しかし吉本の論点は、魂の大いなる〈健康〉を追求してキリスト教や聖書を批判した西洋の思想家たちのそれとはたしかにちがっていた。その論は「マチウ書」とその書き手の心理を批判して終わるのではなく、むしろ最後には、そこに記されたある真実を指摘し、「関係の絶対性」について結論するのだ。

「関係の絶対性」という言葉は、ある衝撃をもたらし、吉本思想の中心概念のように繰り返し語られてきた。それは思想上のちょっとした「殺し文句」にまでなって流布したようだ。しかし、いまあらためて気にかかることは、あの「試論」のなかで吉本の展開してきた論理がいつのまにか裏返っていることだ。マチウ書の作者を厳しく批判したあげくに、最後には同じ作者が誰にも有無をいわせないような絶対的真実を、そして誰もがとらえそこねてしまう真実を突きつけている、と吉本は指摘して終えているのだ。この展開はまさに「アンビヴァランス」である。それだけではない。いわばパリサイ人のような知識人やリーダーが跳梁する戦後日本に、吉本は福音書の作家のように怒りと憎しみを燃やし、彼らの偽善や自己欺瞞を暴く論理を鋭敏に研ぎ澄ませていた。その語り口は、学者のものでも評論家のものでもなく、いささか宗教的預言者の響きをもっていた。この点で、吉本はマチウ書の作者や黙示録を書いたヨハネに強く共振する立場に立っていた。そういう「アンビヴァランス」に導かれる吉本の文体には、例外的な憑依の力があった。

2　暗い思想の意味

そもそも吉本は、主としてアルトゥル・ドレウスの『キリスト神話』によりながら、イエス（ジェジュ）の実在を認めない立場に立っている。それを前提にして、福音書を構成する文献がいかにイエスを仮構したかに注意をむけているのだ。ドレウスの書物は、文献の考証を精密に積みあげながら、福音書のなかにはイエスの生涯についての歴史的記述がほぼ皆無であることを指摘している。福音書の作者たちはイエスの生涯を、ことごとく旧約聖書を剽窃しながら描いて、旧約聖書における預言の実現としてイエス像をつくりあげたが、それだけではない。「彼等はこの機会を利用して、同時に教団の規定や、キリスト教の礼拝や倫理に関して論争されつつある諸問題に対し、決定的な言葉をイエスの口から吐かせ、かくして彼等の宗教の開祖の権威によって、その解決を計ったのである」(1)。たとえイエスという人物が実在したとしても、聖書に描かれるキリストの生涯も言動も、ユダヤ教の厖大な文献からの引用のパッチワークからなっていた。そして吉本が着目したのは、その背後にありえた激しい権力闘争や思想闘争のほうだった。

資料の改ざんと附加とに、これほどたくさんの、かくれた天才と、宗教的な情熱とを、かけてきたキリスト教の歴史をかんがえると、それだけ大へん暗い感じがする。マチウ書が、人類最大のひょうせつ書であって、ここで、うたれている原始キリスト教の芝居が、どんなに大きなもので

(1) A・ドレウス『キリスト神話』原田瓊生訳、岩波書店、一九五一年、二二七ページ。

あるかについて、ことさらに述べる任ではないが、マチウ書の、じつに暗い印象だけは、語るまいとしても語らざるを得ないだろう。ひとつの暗い影がとおり、その影はひとりの実在の人物が地上をとおり過ぎる影ではない。ひとつの思想の意味が、ぼくたちの心情を、とおり過ぎる影である。(2)

ドレウスらの研究によれば、キリストは、その実在さえあやしく、あくまでもキリストという名の架空の人物に託された希望や思想と、そして数々の創作と文献的操作の産物である。福音書のひとつマチウ書は「幼稚な、仮構の書」であることを吉本は次々暴いていくが、そんな作業をするのは、にもかかわらずそのなかに「強い思想の意味」が含まれているからである。

故郷にもどって説教したキリストは、人々にとって、大工の子、マリアの子にすぎず、家族や隣人のあいだでは奇跡をおこなうことができない。「予言者は、故郷や家では、軽蔑される」。この名高い挿話について吉本は書いている。

人はたれでも、故郷とか家とかでは、ひとつの生理的、心理的な単位にすぎない。そこでは、いつも己れを、血のつながる生物のひとりとしてしか視ることのできない肉親や血族がいる。己れの卓越性を過信してやまなかったマチウ書の主人公は、むらむらと、近親憎悪がよみがえるのを感ずる。作者の手腕は、この短かい挿話のなかで、それを見事にとらえるのである。言わば、ここには、思想が投影する現実と、生理が投影する現実とのあいだの断層を、あかるみに出そうとする意企があると言えるが、それは原始キリスト教が、人間の実存の条件として、はじめて自覚的にとりあげたものであった。[3]

侮蔑され遺棄されながら人々の罪を担う救世主の偶像を磨きあげる「被虐的な思考」はひとつの新しい「思考の型」を生み出した、と吉本は言う。「ジェジュ〔イエス〕の近親憎悪の描写は、近親というものが、単に存在する現実として、人間の実存意識と背反するものとしてとらえられている結果である。原始キリスト教は単に存在する現実を、人間の実存の意識と分裂させるために、倫理というものを社会的秩序と対立するものとして把握する」[4]。「かれらは、神と人間、人間と現実、のあいだの関係を、するどく、対極的に分離し、それが和解することのない関係であることを、えぐり出してくる[5]」

しだいに「律法」を社会化し世俗化し、現実生活を規定する倫理として拡張していったユダヤ教の過程は、そのままこの宗教の頽廃の過程であった。そのような道をたどったユダヤ教に対する

(2) 吉本隆明「マチウ書試論」、『マチウ書試論／転向論』講談社文芸文庫、一九九〇年、五九ページ。
(3) 同、七四―七五ページ。
(4) 同、七七―七八ページ。
(5) 同、七八―七九ページ。

「革命」としてのキリスト教は、ユダヤ教に対立するものとして、まさに鋭い対立の論理として「心情の律法」と「観念的な二元論」を生み出した。それはいわば新しい心理学の登場でもあった。

世界史上の一大事件となるキリスト教の出現の意味に対しては、もちろん厖大な解釈が積み重ねられてきた。後に吉本がますます評価を高めていくことになるヘーゲルは、「自我の主観的自由や内面性」を確立し、精神を一個人の形態であらわすことになったキリスト教をまさに世界史の出来事として繰り返し考察した。「〔ローマの〕帝制の原理は、有限で特殊な主観を無限の高みにおしあげるものでしたが、ちょうどその帝制のはじまるころ、おなじ主観性の原理が世界を救済するものとして登場します。イエス・キリストという一個人の誕生がそれで、この個人は、生身の人間として見れば、抽象的で有限な存在ですが、それは外見だけのことで、その本質をなす内容は、絶対の自立存在という無限の価値をあらわします」[6]。ヘーゲルもまた、キリスト教の発生における「本質」と「外見」の分裂的過程に注目したのだ。「すでにのべたように、外界の不幸が人間の内面の不幸とならねばならない。つまり、人間が自分の存在の否定されるのを感じとり、自分の不幸とは自分の内部に分裂が生じているという本性上の不幸であることを認識しなければならないのです」[7]。この分裂は、まさに「マチウ書」の作者が思想化しようとした分裂でもあったにちがいない。しかしキリスト教が体現した「否定」も「分裂」も、ヘーゲルの「弁証法」はあますことなく収拾して、ひたすら絶対理性の完成にむかう確実な一階梯としてとらえたのである。（ちなみに、二十歳にして「キリストからブルジョアジーへ」という強烈なエセー[8]を書いたジル・ドゥルーズは、まさにヘーゲルが画期的と認めた「主観性」の原理を批判している。内面化された矛盾として認識された「自立存在」は、まさに近代的な国家と個人の関係を支えることになる。国家は個人のうちに内面化されるが、そのような「主観性」は、キリスト教によって準備された。一方でドゥルーズは、ロレンスのように、「律法」の外部に自発的な野生の生を発見したキリストを讃えるのである。)

まず「マチウ書」の「暗さ」やルサンチマンに注意をむけた吉本の思考には、たしかにヘーゲルの後にやってくるニーチェ的批判の影がある。そしてただ批判に終始するわけではなく、マチウ書の作者が鍛えあげた和解なき分裂、対立の論理をひとつの鋭敏な思想として読解していくことになった。

「柔和なものは幸福である」と述べ、「悪人に抵抗するな。もし右の頬を打つものがあったら、もう一つの頬もさし出せ」と無抵抗をすすめながら、他方では、精神で姦通しただけでも目をえぐり手足を切断せよと言ったりする非情なキリスト。そのキリストに背くものは末代までも憎しみを受け、罰を受けるとも書いてある。温和で寛大なキリストと、内面のわずかな邪心も見逃さない威圧的、脅迫的なキリストがマチウ書では交替する。「私は平和をもたらすためではなく、剣をもたらすためにきたのだ」。マチウ書の作者は、内面の悪やあらゆる偽善に対して、「もっぱら心情の問題

(6) ヘーゲル『歴史哲学講義(下)』長谷川宏訳、岩波文庫、一九九四年、一六〇―一六一ページ。
(7) 同、一六四ページ。
(8) ジル・ドゥルーズ編著『哲学の教科書――初期ドゥルーズ』加賀野井秀一訳、河出文庫、二〇一〇年、所収。

に対して」苛烈な批判をむけることになる。そして吉本はこのような「観念の絶対性」をまず批判している。

原始キリスト教が、いわば観念の絶対性をもって、ユダヤ教の思考方式を攻撃するとき、その攻撃自体の観念性と、自らの現実的な相対性との、二重の偽善意識にさらされなければならない。この二重の偽善意識は、かれらの性急な鋭い倫理性からやってくるもので、かれらが、罪の意識をみちびいたのは、それにおびやかされた結果である。[9]

さらに吉本は、ユダヤ人が救世主の血を流すために加担したことについてこう述べて、それまで続けてきたマチウ書の批判から論点を移動させている。「ここで、マチウ書が提出していることから、強いて現代的な意味を描き出してみると、加担というものは、人間の意志にかかわりなく、人間と人間との関係がそれを強いるものであるということだ」。このことから自由な意志も、関係を意識しない思想も幻にすぎず、「人間と人間の関係が強いる絶対性」に対しては、なんら実効性をもたない、と吉本は強い口調で断言している。[10]「加担の意味は、関係の絶対性のなかで、人間の心情から自由に離れ、総体のメカニスムのなかに移されてしまう」[11]。現代のキリスト教がヒューマニズムを唱えながら、じつは権力、秩序、資本に味方しているということさえもこの「関係の絶対性」のなかで決定されてしまうことだ、と遠くマチウ書の世界から飛躍して吉本は書くのである。

これがまさにマチウ書の作者の思想でもあるのかどうか、それほど明快に言われてはいない。正義ぶったことを言うが、おまえが現実にやっていることはかくかくしかじかのことだという底意地の悪い指摘は、たしかにマチウ書のキリストも作者も繰り返していることだ。「マチウの作者は、律法学者とパリサイ派への攻撃という形で、現実の秩序のなかで生きねばならない人間が、どんな相対性と絶対性との矛盾のなかで生きつづけているか、について語る。思想などは、けっして人間の生の意味づけを保証しやしないと言っているのだ」。この引用の最後の文は、まったく小林秀雄調の知性批判になっているが、もちろん吉本のモチーフは小林のように知性を批判して、情念や直観を擁護することではない。

マチウ書の作者は強度のルサンチマンやマゾヒズムに牽引されながら、旧約の書物を剽窃し、次々「こけおどし」ともいえるような演出でキリストという人物を造形し、ユダヤ教の書物にはなかった新しい心理学さえも生み出した。吉本の批判的読解からは、まずそういう見方が浮かびあがってくる。

ヘーゲルはキリストについて、「キリストのうちに認識される永遠の真理とは、ことばをかえていえば、人間の本質が精神であり、人間は自分の有限性をぬけだして、純粋な自己意識に身をゆだ

(9) 吉本隆明「マチウ書試論」、前掲書、一三六ページ。
(10) 同、一三七―一三八ページ。
(11) 同、一三九ページ。

ねるとき、はじめて真理に到達する、ということです」[12]と書くことができたが、吉本の問題はあくまでも原始キリスト教団がユダヤ教にむけた「苛烈な攻撃的パトスと、陰惨なまでの心理的憎悪感」に収斂している。そこでマチウ書の作者は、そのようなパトスと憎悪を通じて、人間の生き方や行動を決定するものは何か、という究極的思想まで引き出したように吉本は書いている。しかし人はなぜ、いかにして悪や善に加担し、（キリストの）革命を信じたり拒んだりするのかという問い自体は明らかに吉本のものである。「自由な意志」は、革命や善を選択したり、しなかったりするだろう。

しかし、人間の情況を決定するのは関係の絶対性だけである。ぼくたちは、この矛盾を断ち切ろうとするときだけは、じぶんの発想の底をえぐり出してみる。そのとき、ぼくたちの孤独がある。孤独が自問する。革命とは何か。もし人間の生存における矛盾を断ちきれないならばだ。[13]

これはもう、どうみても吉本隆明自身の問いの表明でしかない。そしてここには、あるわかりにくさがある。けっして主張そのものの〈わかりにくさ〉ではない。吉本の批判的読解の焦点がどこにむかっているのか、わかりにくいのである。マチウの作者の「倒錯心理」を暴く批判をくりひろげた後で、この作者の「暗い」思考が、何を見据えていたかを指摘して、作者は「関係の絶対性」に気づいていたと吉本は結論している。最後にはあらゆる革命的選択に絶望して孤独に自問する声だけが残り、そこにはニーチェのように生を肯定する哲学は片鱗もない。また、いったいどのような関係が、いかにして絶対的なのかと問う道は閉じられている。その前に「生理」と「思想」を対比したように、ここで吉本は「関係」と「思想」の断絶を何か絶対的なものとしてとらえている。この「関係」それ自体はほとんど定義されることも解明されることもなく論は閉じられるが、たしかに「関係の絶対性」を、吉本はその後も思考しつづけることになる。たとえばそれは「共同幻想」によって規定される「関係」という問題に接続されるのである。

3 〈他力〉の絶対性

それにしてもこの〈わかりにくさ〉は、たんに若い書き手の切迫した推論のせいではなく、吉本思想の根本的な姿勢にかかわるものにちがいない。

そもそも「すべての悲惨と、不合理な立法と支配の味方である現代のキリスト教[14]」と明白に述べる「マチウ書試論」の批判は、キリスト教そのものにむけられていた。第2章で、吉本はドストエフスキー『カラマーゾフの兄弟』の大審問官の部分をとりあげている。マチウ書におけるキリスト

(12) ヘーゲル、前掲書、一七七ページ。
(13) 吉本隆明「マチウ書試論」、前掲書、一三九ページ。
(14) 同、一三七ページ。

と悪魔の対話で、キリストを試す悪魔の言葉が体現していたのは「石ころをパンにする」、「世界の王国を自分のものにする」というふうに現世の欲望をみたすことである。キリストはあくまで神との純粋な絆を保つものとして悪魔に答えるが、キリスト教会はやがてこの悪魔の言説を体現するようにして現世的な利益のほうに信仰を誘導していった。大審問官の詩劇はそのことに対する辛辣なアイロニーであったが、アイロニーはすでに「マチウ書」の悪魔の問いのなかに、やがて大きく膨らむ種子として含まれていた。吉本は「試論」でドストエフスキーの「審問」をていねいに読解して、キリスト教会の退廃と自己欺瞞のあとをたどっているが、けっしてそのことが中核の論点ではない。「だが、ぼくは別の解釈の方向をたどり、原始キリスト教の思想的特徴へゆきつこうと思う」と自分のモチーフを明確にしている。

「マチウ書試論」のテーマはけっしてキリスト教の変節を批判することではない。むしろローマの秩序からもユダヤ教からも迫害され、これらと敵対するなかで、原始キリスト教がどのような「思考の型」を、あるいは心理的なタイプを生み出したかに注目している。しかもこのモチーフは、たんに歴史的研究にむかっていたのではなく、明白に吉本の生きた戦後日本の心象風景に重ねられていた。たとえば初期の詩篇のなかに次のように描かれた光景に。

ぼくを気やすい隣人とかんがへてゐる働き人よ
ぼくはきみたちに近親憎悪を感じてゐるのだ

ぼくは秩序の敵であるとおなじにきみたちの敵だ
きみたちはぼくの抗争にうすら嗤ひをむくい
疲労したもの腰でドラム罐をころがしてゐる[15]

（「その秋のために」）

抵抗し孤立しながら「革命」をめざす党派や集団が、どのように近親憎悪や倒錯的心理や、サディズムやマゾヒズムやパラノイアをつくりあげるか、その過程を吉本は、「マチウ書」のさまざまな作為のなかに読みこんでいる。そういう心理機構を解明し批判することに多くのページを割いたのである。しかし、そのような心理学的思考は、吉本の壮大な探求のなかでは、やがて精神分析をとりいれながら「心的現象論」として展開される一方、作家たちの神経症的な「悲劇」を批評する仕事（『悲劇の解読』）にもつながっていくことになる。

革命がまず政治の問題であるならば、それについて思考することは、制度、法、権力とその機構について思考し、抵抗を組織し拡大する実践にむけて進むことが第一の課題であるにちがいない。そこに働く「心理」についての洞察などは、組織論や運動論にとってただ補助的問題になるだけだろう。しかし吉本の政治学的思考ははじめからこのように原始キリスト教団の心性に、「思考の型」にむかったのである。詩人・文学者として革命や転向の問題にたちむかったから、そうなったとも

（15）「転位のための十篇」第五篇、『吉本隆明詩全集5　定本詩集』思潮社、二〇〇六年、五五—五六ページ。

いえる。しかし当時の文学者のなかでも、このように政治を思考したものはまれだったし、まして現実的政治の渦中にあった知識人もこういう発想はしなかった。

そして吉本の試論は、たしかにこの批判では終わらず、マチウ書が体現したそういう「思考の型」を通じて、ひとつの普遍的真実を指摘しなければ終わらなかった。自由な思想や選択などは幻影にすぎず、それらを決定する絶対的な関係が存在するという真実である。「関係の絶対性」は、「試論」では結論部で雷鳴のようにすばやくあらわれて、ただ不気味でドラマチックな印象を残すだけだ。いったい「なんの」関係が絶対的なのか、明示されることもなかった。この省略が修辞的には奇妙な迫力をもった。それは人間と人間の関係にちがいなかったが、もし「人間関係の絶対性」などと言ってしまったら、とたんに月並みに陥ってしまう。

もちろんそこに圧縮して注入された問いがあって、それは時間をかけて解明されなければならなかった。のちの吉本の仕事の大きな部分がそのことにあてられた。「関係」とは、意識や選択を決定するあらゆるものであり、要するに意識に上らないあらゆるものであり、結局われわれの無意識を決定している何かである。フロイトの解明した無意識は、性と家族にかかわる次元を考えるには大いに手がかりになるにしても、それだけではとてもこの問いに答えきれない。「関係の絶対性」は、関係に属するかぎり集団的な構造をもっている。それは集団的な心性（共同幻想）として歴史的に構造化されると同時に、生産し消費する社会的集団の経済的行動としても独自の構造をもっている。「関係の絶対性」はマルクスの史的唯物論のなかに見いだされる（生産）関係でもある。また初期の吉本が問題にする詩人たちの無意識のなかにひそむ「感性的秩序」、つまり「大衆」でもある。さらには思想や意識を表現するはずの言語そのものが、じつは思想も意識も規定し構造化している。その後の吉本の探求は、これらのどの方向にも周到に触手をのばしていった。しかし、それでも解消されない「アンビヴァランス」の印象が彼の思考の中核に残りつづけた。

ニーチェのように宗教的権力と心理を批判して終わらずに、吉本の批判はむしろ「マチウ書」の作者の、「思想」全般に対する深い懐疑を共有するようにして終わっている。「マチウ書」の作者を、こっぴどく批判しつづけたあとで、最後には突然この作者に共感するように「絶対性」という真実を語っているのだ。吉本のこの思想的アンビヴァランスに、注意を怠ってはならないようだ。「ぼくが真実を口にすると　ほとんど全世界を凍らせるだらうといふ妄想によつて　ぼくは廃人であるさうだ」(16)（「廃人の歌」）というような一行を詩のうちに書くことのできた吉本のなかには、まるで預言者のように語るパラノイアックな人物も内在していたのだ。戦後の日本にもパリサイ人のような知識人や党派が跋扈していた。そのなかでまったく孤独な個人として、たとえキリストの実在を否定しようとも、吉本自身は少なからず原始キリスト教の革命的マイノリティの立場を共有していたにちがいない。やがて「ロシア・マルクス主義」が、吉本にとってはパリサイ人としてたちはだかる。長いあいだその批判が彼にとって変わらぬ思想的執念となる。一方では、宗教的な知の問

（16）「転位のための十篇」第七篇、同、六〇ページ。

題にも吉本は執着しつづけた。パリサイ人のように、あるいはキリスト教会のように権力と結託し腐敗することなく、いかに生死のあいだの細い道に〈信〉を切り開くかを、とりわけ親鸞を通じて考えつづけるのだ。

たしかに「マチウ書試論」の論旨は一筋縄ではない。福音書のテクストの成立を考証しながら、書き手の倒錯心理を暴いていき、最後にはあたかもその書き手と一体化するようにして出口のない暗い世界観を述べたようにみえる。原始キリスト教の成立がひとつの「革命」であったとして、吉本はその革命性を評価するのではなくて、それが内にはらむ倒錯的心理を批判した。革命をすることもしないことも人間の意識や意志には左右されず、見えがたい屈折した関係の網目によって決定されるだけだ、とまるで革命の可能性も希望も斥けるようにして語っている。このように「試論」の論旨をたどるなら、まるで「反革命」の思想のようにしか読めないし、この思想が何を肯定し、何を希求しているのかも見えてこなくなる。「関係の絶対性」は、それに目覚めて「革命」をあきらめるのでなければ、ただ挫折や悲劇として生きられるしかない。

もちろんこの世界では、日常も、革命さえもただ相対的な思考と実践によって作動するだけだ。多くの知識人、政治家たちは冷めたリアリストであっても、けっして関係が絶対的であるなどとはいわない。たとえ絶対性に目覚めていても、人は相対的にふるまうことができる。絶対的であろうとしながら、やはり相対的でしかないことさえも「関係の絶対性」のせいではないだろうか。吉本はひとつの迷路をつくりだし、スフィンクスのようにその迷路の入口に横たわったが、その迷路を解きほぐすことのできるのは、さしあたって彼以外にいなかった。孤独な戦いが始まったが、その孤独の深さとセンスを伝染させる力が彼の文体にはひそんでいて、その孤独は彼ひとりのものではなかった。労働運動や政治活動に加わっても、彼の精神には強度の真空があったが、それはただ空虚ではなく、増殖し深化する思考の力そのものであるような空虚だった。

ヘーゲルにとって、もちろんキリスト教の成立は「病理」などではなく、人類史において理性の新しい段階を構成する画期的事件だった。しかしニーチェにとってキリスト教は、西洋史の根幹に巣くう病理であり、彼の生命、肉体、「力への意志」の肯定がその批判の根拠に歴然としてあった。「試論」における吉本も、途中まではニーチェを踏襲するようにマチウ書を批判的に解剖しているが、さらにその作者の病的心理を通じて見えてくるゆるぎない真実がある、というふうに読み進めていった。たしかに吉本はその後、さまざまな方向に「関係」の連鎖を読みとこうとする厖大な探求にとりかかることになる。しかし「関係の絶対性」は、何かを解明しようとする思考であるよりも、むしろ神とも救済とも断絶しながら、なお宗教的な観念のように提出されている。革命するもしないも、人を殺すも殺さないも「関係の絶対性」に決定されるという観念は、仏教的な「他力」の思想にひどく似ているのだ。要するに、テクスト考証と心理的な洞察によってキリスト教を批判的に解体しながら、最後に吉本は、きわめて日本仏教的な他力の観念に跳躍し、これに批判の重心を委ねてしまったようなのだ。このことが「マチウ書試論」のアンビヴァランスのなかでも最たるアンビヴァランスではなかっただろうか。

こうして「マチウ書試論」はその後の吉本が展開するモチーフを、絡まりあった蛇のように提出している。ひとつの悲劇的なコンプレックスの心理学、いくつかの次元にわたる「関係」や「構造」の思考、そして他力本願的な宗教的思考が、同時に予告されていたのである。

4　社会構造の論理化

「マチウ書試論」の思索をとりまく戦後日本の状況は、詩人吉本隆明にとって次のような光景を呈していた。

戦前、戦争期を通じて、強烈な個我意識をとおして極限情況を体験してきた世代の詩人たちは、敗戦とともに精神が解放されるという幻影を、いたましくも破られねばならなかった。そこには、依然として天皇制が温存され、支配者は支配をつづけ、偽ものははびこり、挫折した戦士が、傷手をかくして解放の戦士のように登場していた。完膚なきまでに荒廃し、疲へいした社会的な現実のほかに、希望は一片も残されてはいなかったし、曙光はどこからも現われなかった。(17)

（「戦後詩人論」）

頽落したユダヤ教とローマ帝国に挟撃された原始キリスト教団の状況が日本の戦後に重ねられて

いたことは明白であったが、吉本の論は、マチウ書の作者の心理を批判的に読みこみながら同時にマチウ書の作者の絶望と怒りに、そして実在しないとされるキリストの孤独に同化するものでもあった。そこに示された種々の心理的洞察は、じつはそのまま戦後日本の状況にむけられたものでもあった。それなら「関係の絶対性」という主題は、詩史や文学的状況に対する吉本の考察にどのようにリンクしていただろうか。

「日本の現代詩が、衣裳やイデオロギーの転写ではない、真の意味の思想性を獲得するためには、内部世界と、外部現実と、表現との関係についての明晰な自覚が必要であった[18]」と書いた吉本は、戦後文学について批評し論争しながら、とりわけ「内部世界」と「外部現実」、「(前衛的)政治意識」と「(庶民的)生活意識」、「現実社会の秩序」と「感性的秩序」のあいだの乖離や葛藤を問題にしている。詩人たちがどんなに前衛的な手法や革命的な政治意識を磨きあげたとしても、伝統的な生活意識や感性的秩序を温存したままでいるなら、少しでも抑圧や障害に出会ったときにはたちまち〈転向〉してしまう。つまり生活意識や感性的秩序のほうが、それに強いられる「関係」が、何かしら〈絶対的なもの〉として機能することになる。それならどんなにすぐれた詩人も思想家も、この〈絶対性〉を前にしては無力であるほかないのだろうか。

(17) 吉本隆明『マチウ書試論／転向論』二一二ページ。
(18) 同、二一八ページ。

前衛的進歩的な〈知性の秩序〉と保守的後退的な〈感性の秩序〉という二重構造と二重人格を温存したままで、危機に遭遇すると難なくふたつを入れ替えることが〈転向〉であるとすれば、右にも左にもそのような知識人や文学者が跋扈するなかで、吉本が例外者とみなした人物が少なくとも何人かいた。ほんとうは、このようなアポリアに直面して、誰にも模範や正解のような答えが見つけられたわけではない。そして二極のどちらかを抹消してしまうことが解決ではありえない。そのような二重性のなかで、二極に引き裂かれる葛藤や闘いをよく生き、あるいは生きて倒れてしまう者がいるだけだ。すでに明治の北村透谷や石川啄木が、吉本にとってそのような存在でありえた。「啄木は、近代詩の詩的な表現の歴史をすてて、自己の実生活感情につこうと意識したのだが、そのことによって逆に詩的表現の「近代的」なものを、実生活感情のうえにきずくことに成功した[19]」。「透谷のたたかいの意義は、第一には、日本の近代詩（文学）が、芸術的な自律性を獲得する過程で、必然的にたたかわれねばならなかった近代意識確立のたたかいであったこと、第二には、文学の効用性というものを、ただちに現在の事実にユチリチー〔効用〕あるものとせず、想世界と実世界とを二元的に分離せねばならない急務を説いて、当時、すでに軌道をしきつつあった日本の支配構造にたいして、はじめて想世界を対立せしめるためのたたかいであった[20]」

啄木のほうは「空家に入り／煙草のみたることありき／あはれただ一人居たきばかりに」というように、たんなる散文的述懐にみえる短歌で、伝統的詩形から伝統的な要素をほとんど皆無にすることによって、庶民としての生活感覚に近代的意識を着地させることができた。透谷の評価は少しちがって、自由民権運動という〈革命〉から離れながら、「鬱状態」のなかでひとつの「自律」の思想をつくりあげたことを吉本は評価しているのだ。「文章は事業なるが故に崇むべし」というような論客（山路愛山）の意見を批判して、文学の効用性ではなく芸術性を擁護しようとした透谷の立場は、たんに美学的なものではなかった。この立場について「近代的自我を確立しようとする社会的なたたかいと同義をなすもの」[21]という吉本が強調した「自律」（自立）という用語は、やがて「自立の思想的拠点」（一九六五年）というように、独自の強い意味を帯びることになる。

芥川龍之介についても、ほぼ同じ問題意識から、吉本は読解を試みている。東京の下層庶民出身でありながら西洋文学を敏感に吸収したエリートとして、卓抜な知的人工的短編を書きつづけたこの作家も、やはり生活意識と知的意識のあいだで引き裂かれていた。「これらの作品をやむをえず隈どっている心理の絵図は、中流下層の庶民作家たる自己の資質をすてて、大インテリゲンチャを気取ろうとした芥川が、知的構成の努力の代償としてうけとらざるをえなかった自己土壌から離れたものの不安な意識を象徴している」[22]（「芥川竜之介の死」一九五八年）。そのような「自己土壌」から復讐を受けるようにして芥川は不安を深め、自殺にいたるというのが吉本の理解である。

(19) 吉本隆明「近代精神の詩的展開」、『詩学叙説』思潮社、二〇〇六年、二七三ページ。
(20) 吉本隆明「日本近代詩の源流」、同、一四〇ページ。
(21) 同、一三七ページ。
(22) 吉本隆明『マチウ書試論／転向論』二四三ページ。

『芸術的抵抗と挫折』と『抒情の論理』の二冊（ともに一九五九年）におさめられる一連の文章で吉本が問うたのは、主として日本の詩人たちの近代的意識がなぜ天皇制にも大戦にも抵抗しうる思想を形成できなかったか、であった。けっして政治的な抵抗が不在だったことを批判したわけではない。吉本は獄中にあって抵抗の姿勢をつらぬいた非転向組も評価しようとしなかった。彼らも日本人の生活意識や感性的秩序に突き刺さるような論理を構築しえず、ただそういう意識や秩序から遊離していたにすぎないと考えたからだ。いまその時代から半世紀を経た私たちの時空において、そういう問題がどのようにして、どの程度までまだ切実であるか考えてみたいが、とにかくそのとき、吉本がどういう問いをたてていたかをもう一度たどってみなければならない。

なぜ近代的意識は、反権力と結びつくことがなかったか？ すでにこのことを吉本は明治の詩人たちに対しても問うたのである。(23)

戦前から近代的、前衛的意識をもって創作した詩人たちがいたのに、彼らの多くが、なぜ戦争を賛美する詩を書くことができたか？

吉本はさらに戦後の詩についても書いている。「「荒地」グループが戦後、自我主体と現実との接触する体験と態度と意味を重んじ、そこに詩の表現の領域を拡大してみせたのに対し、「列島」グループは、自我主体を意識化することによって、情緒的な屈曲を克服する方向に、戦前の現代詩の特徴的な欠陥を克服しようと試みた(24)」と書いて同世代の詩の試みを評価したのだ。しかし他方では、「戦後」が遠ざかるにつれ、「社会的主題をえらんでも、個的な体験を主題に撰んでも、詩の表現意識自体のなかに、内部世界と社会現実との接触する際の格闘があらわれない[25]」というように、戦前の詩人にむけたのと同質の批判を戦後の詩人にもむけている。

吉本は、西洋文学の影響下でただ形式や方法をめぐる知的意識だけが革新されても、感性や生活意識においては詩人たちがいまだ封建的で後進的であったことを批判している。もしその点だけを早読みすると、たんにひとりの近代主義者として、近代化、個人主義化、内面の「論理化」の不十分なことを日本の文学者に対して批判しただけのようにみえる。あるいは、西洋近代的であることよりもひたすら「論理性」を詩に対しても要求した、というべきかもしれない。

たとえば江戸の「変革期」において蕪村は、やはり同質の問題に遭遇したと吉本は考えた。それは「変革期において日本の詩人たちが例外なく当面した問題は、内部世界の表白に論理的に執着すれば、外部現実とのあいだに、いいようのない空隙をおぼえるし、外部現実に執着すれば、内部の論理的な表白が不可能となるという二律背反であり、そのうしろには、たえず日本の社会が論理的な構造をもつことは、不可能なのではないか、という絶望的な予感があり、もどかしさがあった。日本のコトバの論理化は、日本の社会構造の論理化なしには不可能である[26]」。それはまた「コトバ

(23) 吉本隆明『詩学叙説』一六八ページ参照。
(24) 吉本隆明「戦後詩人論」、『マチウ書試論／転向論』二二四ページ。
(25) 同、二二七ページ
(26) 吉本隆明「蕪村詩のイデオロギイ」、同、一八五ページ。

と現実とのあいだの深い関連を、抜本的に解決する」ことでなければならない、と吉本は付け加えている。

「社会構造の論理化」というこの言葉からは、かつて小林秀雄が「私小説論」に記した「社会化された私」という問題提起が思い出されるのだ。西洋の小説を模倣した日本近代の小説家たちは、「社会化されていない」私意識のうえに、西洋の「ボヴァリー夫人は私だ」というような小説家の私意識を移植しようとして、むしろ「私小説」という異物をつくりだしてしまった。西洋近代の「私」は社会という避けることのできない外部と厳しい緊張関係（「個人と自然や社会との確然たる対決」）にある。だからこそ、純粋に「私」を探求することが、同時に社会的な意味をもつ実験となりうる。一方、「わが国の私小説家達が、私を信じ私生活を信じて何んの不安も感じなかったのは、私の世界がその儘社会の姿だったのであって、私の封建的残滓と社会の封建的残滓との微妙な一致の上に私小説は爛熟して行ったのである」[27]（「私小説論」）。

小林秀雄はけっして「転向論」など書くことはなかったが、こうして戦前に、すでに「転向」の構造に触れていたといえる。戦後に「個人と自然や社会との確然たる対決」という問題を引き受けて批判的批評を展開したのはむしろ吉本であり、小林のほうは美術や古典の世界を闊達に逍遥し、そのような「対決」の緊張を解きながら「爛熟」していった。やがて吉本はその小林の、とりわけ『本居宣長』に厳しい批判をむけることになる。

私を社会化し、社会構造を論理化し、感性的秩序という無意識にまで論理性を浸透させるという課題を、すでに小林は十分明晰に問題化していたが、この課題に答えようとして小林が奮闘したのは、おそらく『ドストエフスキイの生活』までだった。戦後になって吉本は、そのような課題をもう一度引き受けて戦いつづけなければならなかった。文芸批評や詩学の試みのなかで、吉本は同じ問題をさらに精密に問題化しようとしたのである。それは芥川論では次のように表現されていた。「作品の形式的構成力は、作家にとって、自己意識が安定感をもって流通できる社会的現実の構造の函数である。論理性の大きく通用する社会層に安定した意識を感じうる作家にとって作品を論理的に構成することは易々たる自然事なのだ。また、論理性があまり通用しない社会層を意識上の安定圏とする作家が頭も尻尾もない私小説的な作品をつくらざるを得ないことも当然である」。ところが「文学の形式的構成力を、たんに知的能力に左右されるものと考える見解」が広く共有されており、芥川の文学もその例とみなされている。(28)

芥川の「形式的構成力」は、近代日本の意識構造のなかにあって、まったく脆く不安定なものにすぎず、芥川はみずからの出自（階級）に属する生活意識と、西洋から学んだ知的教養のあいだで病的なまでに引き裂かれて自死にいたった。このような〈ダブルバインド〉の状況は日本近代の知識人にとって構造的に不可避なものだったはずだ。しかし大部分は葛藤や対立に引き裂かれて倒れ

（27）『小林秀雄全集第三巻』新潮社、二〇〇一年、三九五ページ。
（28）吉本隆明「芥川竜之介の死」、前掲書、二四四―二四五ページ。

るよりも、むしろ自己欺瞞や二重人格的状況を中和し、癒着させて生きのびてきた。この葛藤や対立を乗りこえようとしても、それが個人をはるかに上回る社会的、歴史的意識構造に由来するかぎり、つまり「関係の絶対性」に決定されるかぎり、個人のする戦いは必然的に挫折、敗北、悲劇に終わるしかない。それでも吉本にとって数少ない肯定的なケースは存在した。

たとえば前にもふれた蕪村は、江戸時代のこととはいえ危機的時代に「韻律のつよい屈折と、論理的な安定さ」(29)によって、日本の詩の感性的秩序の外に出るようにして詩作していた。あるいは吉本が批判した戦後「第三期の詩人たち」のあいだにあって、中村稔は例外的に「強い主体性と論理性」をうちたてていた。中村稔について吉本は「内部世界の論理性と、表現法の論理性とが、緊密に結びついていることを啓示する強固な構造があり、その構造が、古典的ではあるが、強い倫理的な作者の態度を暗喩することに成功している」(30)と書いている。

こうして吉本の批判をつぶさにたどってみると、執拗に「論理性」や「論理化」という言葉を繰り返していることに気づくが、こんどはその論理とはいったいどんなものか、読むものは問うことになる。この「論理性」はどうやら「主体性」と、そして「倫理性」とも切り離せないのだ。

そして論理性とは個人の論理と社会の論理の対立における論理性のことでもあり、対立、批判、自立の論理性でもある。それにしても論理性とは、このような日本近代の二重性について知的理性的に推論し分析することなのか。少なくともそれを意識し、意識化することなのか。二重性を乗りこえ、複雑さに耐える弁証法を発明することなのか。小林秀雄も吉本隆明も、「論理（性）」を口にするときは明らかに西洋的知性を念頭においていたようだが、けっしてそれはたんに西洋の方法や意識を迎えることではなく、それぞれ異なる仕方で、ふたりとも日本（列島）に固有の「論理」を編み出すことを模索するようになったのだ。

5 終わらない問い

そしてこのような「社会構造の論理化」は、すでに西洋において達成され、日本においてまだ未熟であることを前提に吉本は批判をおこなっているが、たとえば世界大戦をもたらしたナチズム・ファシズムあるいはソヴィエト連邦を含む〈全体主義〉の形成と、それをめぐる知識人の加担や転向の問題を、同じ論理を通じて解明することはおそらくできない。少なからぬ数のフランスの知識人がナチズムの協力者となった経緯を、「社会構造の論理化」や「関係の絶対性」というような概念を通じてとらえることもやはりできないだろう。「転向」は日本の戦時だけでなくいたるところで、ナチ占領下のフランスでも、マッカーシーのもとでのアメリカでも、ソヴィエトの支配下に入った東欧・中欧でも、文化革命の中国でも起きた。多くの文化人が「自立」も「孤立」も選ばず

(29) 吉本隆明「蕪村詩のイデオロギイ」、同、一八七ページ。
(30) 吉本隆明「戦後詩人論」、同、二二九ページ。

（選べず）、敵に加担することになった。

日本の戦争をめぐる抵抗や無抵抗や加担の問題を、吉本は論理、心理の問題として、いささか福音書の作者のように怨念を燃やして、とりわけ詩的な言語を批評しながら力強く語った。こうして「関係の絶対性」や「内面の論理化」として提出した課題を、やがてさらに稠密に論理化する作業に入っていくことになる。三十代に執筆した評論のなかで圧縮して提起し考察した問題を、吉本は文学言語論、共同幻想論、心的現象論のような方向に大きく展開し、稠密な論理化をおこなっていくことになる。

いま仮に私が発した疑問の多くに吉本自身がその後の著作によって答えを与えたように思えるが、まだ多くの疑問が残っている。

吉本は、日本近現代の革命や戦争に関する思想的問題を、まず加担や裏切りのような主体的選択の次元で考えながら、少なくとも主体的選択をこえる関係や構造に光をあて、戦争責任論や転向論に新しい次元を鋭く切り開いた。この問題を、とりわけ詩・文学における形式的構造において解明することによって、小林秀雄的な社会化されない「私」という問題に新しい理路を見いだしたのである。しかし吉本の問いは、表現者個人における「論理化」の努力や、その挫折の構造的解明にむかいながら、まず心的、心理的次元に集中したのである。

たとえば「全体主義」という政治的な問題に対して、ハンナ・アレントはどんなアプローチをしたか思い出してみよう（『全体主義の起原』）。アレントはあくまで政治的な制度、法、権力、国際関係の次元に働いた歴史的な力学のなかで、どのようにして全体主義を成立させるファクターが形成されたか、というふうに問うたのであって、それは心理学的にはむしろまったく凡庸な事実（「悪の凡庸さ」）でしかないと彼女は考えた。

吉本もまた「転向論」を通じてひとつの「全体主義論」を試みたといえるが、それを日本の詩人たちの状況に照らして心理的主体の論理に収斂させていったのである。そこから見えてきたことは少なくないし、日本的な「全体主義」（翼賛体制）は、日本独自の構造としてとらえねばならず、無媒介に普遍主義に立って考察するなら、まさにその「病巣」には触れないまま保存し助長することになりかねなかった。それ以降の世界の思想の展開に照らして、吉本の批判的思索の欠陥をあげることはやさしいが、あの時代の吉本は、戦後の状況のなかで必死に知識人と大衆の、たがいに分裂し癒着する心的構造を解体しうる「論理」を模索し構築しようとしたのである。だからこそ、その不備や欠如を指摘することではなく、むしろ吉本のアプローチがどんなものであり、どんな選択であったのか、それを二十世紀世界の経験と思想に照らして見つめてみる必要を、いま私は感じるのだ。

吉本は、とりわけ政治的意識をめぐってあらわれた日本近代の歪みを、構造的に思考しようとしながら、それを主体の心理（意識と感性）において、意識化や論理化の質と度合においてとらえようとした。この思考はやがて心的現象や幻想をめぐる方向に触手をひろげていくことになる。それと関連しつつ、それと異なる方向（言語論、メディア論、宗教論、人類学的考古学的探求）にも、吉本の哲学は、ある共通の酵母をもちながら展開していったが、彼独自の心理学的パースペクティヴを、彼は長いあいだ棄てることがないだろう。

戦後まもなくの廃墟にあらわれた思想のうち、たとえば坂口安吾の「堕落論」のような堕落〈非倫理〉の勧めに比較すれば、吉本の思索は異様なほどに〈倫理的〉であり、〈論理的〉であった。その倫理、論理が一筋縄ではないアンビヴァランスを含み、しばしば逆説を含んでいたことはすでに指摘した。挫折、転向、無力を果てまで体感したインテリたちからは、もう責任も道徳もかなぐりすて、落ちるところまで落ち、倫理の彼方で、残酷でニヒルな戦後を、ただフェイクやファルスやキッチュとしてたくましく生きる、というような非倫理の倫理も提案されたのである。安吾は近代日本の「過剰な自意識の綿々たる内向」といったものにあからさまな嫌悪を示した。しかし戦後の吉本が評価したのは、安吾風の堕落やファルスの勧めよりも、むしろ太宰治の自意識の悲劇であり、けっして倫理を棄てようとしないファルスのほうだった。

「戦後」の思想家としての吉本は、その後に遠大な軌跡を描くことになる関係や構造の思考の出発点をまぎれもなく論理化しているが、たしかにあの時代の問題に、つまり革命か、転向か、自立か、裏切りか、といった選択と、選択の不可能という問いに密着して思考することになった。それは現在の日本ではほとんど終わった問いのようにみえるが、この世界ではまだ革命も戦争もたえることがなく、またすでに半世紀をすぎてもナチズムの形成と加担について、あるいはいくつかの全体主義や圧政の記憶をめぐる省察の作業も終わってはいないのだ。政治的権力と暴力をめぐる哲学はまだ続けられ、書きなおされなくてはならないだろう。それをいかに問うか、という問題はけっして過去のものではない。

もうひとつ、あの時代の意識に密着していた吉本の問いは日本近代の歪みと失敗を「後進国」に固有の歴史的構造としてとらえていたという点も気にかかることだ。彼は当時の近代主義的エリートたちとは一線を画する思考をしていたし、そうするための十分な理由があった。それにしても、やはりひとりの近代主義者として吉本は日本をとらえ、天皇制にすっぽり包まれてきた「感性的秩序」や庶民の「生活意識」に克服すべき後進性をみていたのである。やがて一九八〇年代に高度な資本主義（消費社会）に入った日本の文化現象をさかんに論じるようになる吉本は、もはやそのように「後進性」を問題にすることがなくなったようにみえた。戦後から数十年すぎて、いつのまにか日本は「後進性」や「近代化」という問題を克服してしまったということだろうか。それともそういう問題をただ忘れて、あいかわらず無意識の「古層」を保存しながら「現代的」な表層だけを身につけたということだったろうか。

しかし、あれほど本質的なこととして問われた問題を、吉本はけっして忘却してしまったわけではなかっただろう。彼は日本とは何かと問いながら、やがて起源にさかのぼり、国家としての日本の成立のはるか以前の幻想や儀式の形態を考察しながら、むしろ「後進性」のはるか以前の古代に想像力をのばしていくのである。もはや「後進性」という形で問わないとしても、私たちにとってアジアとは何か、アジアにも存在したかもしれないアフリカ的段階とは何か、という問いはまだありうる。それは必ずしも出自（アイデンティティ）の問題ではない。むしろ天皇制に囲われてきた日本のイメージを〈国家〉の彼方の遠い時空にまでもどして脱構築するような探求を、吉本は続けてきたように思われるのだ。

B　大衆はどこにいるのか

1　逆立の意味

福音書の作者の心理的屈折や、日本の文学者の〈転向〉をうながした階級的な意識のねじれを問いながら、戦後の批評を開始した吉本は、すでに集団的な意識構造をめぐって〈政治〉を考察していたといえる。その後この思考は、吉本自身がかかわった労働組合運動や安保闘争やさまざまな論争を通じてひとつの〈政治学〉をつくりあげていった。その思考から、現在の問題になお語りかけてくるものはなんだろうか。

〈大衆からの孤立（感）〉が戦時の進歩的知識人の転向の理由であったという主張を、さまざまに言いかえて思索した吉本のなかでは、いくつかの問題が絡みあって存在していた。知識人の〈転向〉については「大衆的な動向への全面的な追従という側面からもかんがえる必要がある」[1]と言うのだから、吉本にとってはけっして大衆の感性や無意識の側につくことが目標ではなかったのだ。

前衛的な詩人でさえも深層意識において大衆的感性を共有していたのに、それを意識化していないから危機に遭遇するとたちまち大衆的感性に「追従」してしまうということがたしかに問題だった。しかし大衆的意識から遠くに飛躍して〈尖端的〉であることも、けっして吉本は理想としたわけではなかった。そこで尖端的意識と後進的無意識のあいだに脈絡をつけてその二重性を意識し論理化することを、吉本はもっとも望ましい姿勢と考えていた、ということになる。

このように両義的で錯綜した論理をはぐくんで戦後の政治的錯綜にむかっていった時期に、結局どういう選択肢を吉本は提案していたのだろうか。

戦後の吉本の政治的論争は、あからさまな保守や右翼よりもはるかに共産党や左翼の論者に対して厳しくむけられたのである。そして社会主義か資本主義か、という選択肢をそもそも虚妄の観念として批判し、むしろそれぞれの地域における「住民大衆の課題」(2)を繰りこむ思想を構築しなければならないと主張しつづけた。もちろん左翼の側こそ、たえずプロレタリアートという名の大衆を思想の主体としていたのだから、ここでは「大衆」とその「思想」が何を意味しているかを厳密に考えることが必須の課題になってくる。それは現在にいたるまで、いったい民衆とは誰なのか、デモクラシーの主体とはどんな民衆なのか、という問いとして延長されている課題なのだ。

わが国では、まだ信ずべからざるものを理念として信ずるという牧歌が知識人のあいだにのこっている。この世界の尖端にある課題は無条件にすべての地域にとって尖端的であるという遺制も現実もある。しかし、ひとたびこれにとらえられるとき、観念の生活と現実の生活のあいだに、とうていサルトルなどが自覚しなくてもすみ、意識しなくてもすむような緊張の構造がつくられる。そしてこの緊張した結節点で屈折や乖離を感じるとき、大衆の貌が、つまり土俗の言語が登場してくる余地がある。この大衆の貌は〈プロレタリアート〉ではなく土俗としての大衆であり、また〈階級〉としての大衆ではなく支配に直通することができる大衆の貌である。[3]

（「自立の思想的拠点」一九六五年）

しかしわたしどもが知識人であろうとすれば、必然的に土俗的な大衆の思想をくりこみ、投影せざるをえないのである。[4]

（同）

吉本は、あいかわらず「転向論」の主張を続けているようにみえる。尖端的であり土俗的であるという二重性を「論理化」することに、まだ執着しているようである。しかしその主張は微妙にニ

（1）吉本隆明「転向論」、『マチウ書試論／転向論』講談社文芸文庫、一九九〇年、二九九ページ（『吉本隆明全集撰3　政治思想』大和書房、一九八六年、二一ページ）。

（2）「模写と鏡——ある中ソ論争論」、『吉本隆明全集撰3　政治思想』一一八ページ。

（3）「自立の思想的拠点」、同、二二九—二三〇ページ。

（4）同、二三〇ページ。

ュアンスを変えて、大衆の体験のほうに密着しようとする姿勢を色濃くしていたのではないだろうか。「社会主義」か「資本主義」か、という選択を考えること自体が、そもそもふたつの体制という「仮象」にすがっているにすぎない。むしろ「この世界には少数の支配と多数の被支配が現実を領している」[5]。「被支配者」としての大衆の立場を中心に組みこむことができるかどうか。そのことが政治思想のほんとうの課題となるべきだ、というのだ。

それにしても革命的な政治思想が大衆の感性や意識をくりこむということは、すなわち多数決原理(デモクラシー)を主張することでもなく、特権的エリートが貧しい階級に同情することでもないとすれば、いったいどのようにして可能なのか。この問題は現代世界にまで引き伸ばされている。そしていつのまに風化し蒸発してしまったかのようだ。吉本隆明自身も、八〇年代後半にはもはや同じように問題をたてることがなく、「政治なんてものはない」と別の仕方で問うことになる。そしてファッション雑誌を読む女子賃労働者たちは、「自ら獲得した感性と叡智によって[6]」自分らを解放しつつある、と述べて大衆の概念をひろく実体化するのだ。

これ自体もけっして一筋縄の展開ではなかったが、それ以前から吉本は、とにかく大衆の側につき、大衆として思考し、大衆的なもののなかにあるダイナミズムをひろいあげることを使命にしたように感じられる。しかし数においてはマジョリティであり、支配層にとってはマイノリティである大衆はやがて〈中産階級〉となり、あるいは〈消費者〉となって、性質を変えていった。統治すべき政治的客体であり、また代表されるべき政治的主体である大衆という集合の総体は、だんだん名づけがたいものになってきた。いつのまにか「大衆」という言葉はほとんど死語になってしまっている。それればかりか「公衆」「市民」「国民」「人民」「民衆」「庶民」「群衆」……どれもすわりの悪い言葉になってしまっている。非人称で無特性の巨大な集団は、孤立した個人の集合である。そのなかでは誰もきわだった個人ではない。集団が名づけがたいものになっているのは、個人が特性を失っていることと相関的なのだ。

しかしここで主として六〇年代の評論を読み改めて、吉本にとって「大衆」が何を意味していたか、それにかかわる文章を列挙してみよう。

文学運動が階級的な観点をもちうるのは、それが被支配階級である大衆の社会意識や大衆組織と対応づけられるときだけである。けだし、ここに文学評価のアクシスが歴史評価ときりはなすことができない理由があり、文学運動が、大衆の意識変遷史と対応づけて検討せられなければならない理由があるのだ。(7)

水面下の世界では、老いた父母のように必然的な社会様式ものこっていれば、ドライな太陽族

---

(5)「模写と鏡」、同、一一一ページ。
(6)「重層的な非決定へ――埴谷雄高の「苦言」への批判」、同、五五六ページ。
(7)「アクシスの問題」、同、五〇ページ。

のような社会様式も根づいている。零細生産が、ひびわれた手で組まれているかとおもえば、小市民的な雰囲気の中小生産のようなものもある。どのひとつも、きわめて高度化した独占社会にとって必要でないかぎり存在できない。水面上にとびあがれば、一括して国家独占社会とみえる世界も、水面下に下降してみればこれらすべての様式にゆきあたる。わたしたちの社会構成と生産様式上のからみあいは、複雑をきわめていて、どこにも典型がみつからないのである。

しかし、ここから社会総体のヴィジョンを組み立てえないならば、独占支配を眼のあたりにみながら、混乱と分裂と錯誤をくりかえすほか、何もなしえないのである(8)。

国家権力によって疎外された人民による国家権力の廃滅と、それによる権力の人民への移行——そして国家の死滅の方向に指向されるものをさして、インタナショナリズムと呼ぶのである(9)。

情況のしずかなしかし確実な転退に対応することができるか否かは、いつに真制の前衛、インテリゲンチャ、労働者、市民の運動の成長度にかかっている(10)。

戦争と平和をもんだいにするばあいに、ただ単に戦争一般と平和一般をもんだいにするのではなくて、地域住民大衆が体験してきた個々の戦争と個々の平和をもんだいにするのでなければ、あらゆる論議は無意味である(11)。

歴史の動因でありながら、歴史の記述のなかにはけっして登場することのない貌《かお》が無数にある。(12)

大衆そのものの問題は、支配形態の徐々な連続的な推移のなかに、逆立ちした鏡をもつものである。(13)

〈革命〉の主体はあくまで大衆(あるいは人民、市民)であるが、大衆は本質的に見えがたく、とらえがたいものだ。この両義性と対面しつづけることが大衆の思想の課題である。そしてこれらの引用の最後にあらわれる「逆立ちした鏡」の意味することが、しだいに大きな問題としてとりあげられることになる。共同性のなかに存在する人間存在と、個々の意識においてあらわれる人間存在は、けっして一律に語ることも同じ平面でとらえることもできない。これはまた「水面下の世界」と

(8) 「戦後世代の政治思想」、同、五四ページ。
(9) 「擬制の終焉」、同、七八ページ。
(10) 同、一〇〇ページ。
(11) 「模写と鏡」、同、一一五ページ。
(12) 「日本のナショナリズム」、同、一五五ページ。
(13) 同、一六二ページ。

「水面上の世界」の対立についてもいえることで、このことが吉本にとって中心の問いになっていいくのだ。それは『共同幻想論』（一九六八年）では「人間の幻想の世界は共同性として存在するかぎりは、個々の人間の〈心理的〉世界と逆立してしまうのである」[14]と定式化される。大衆と個人はどんな関係において存在するか、と初期の吉本が問うてきたとすれば、それはやがて大衆（共同性）においてあらわれる人間と、個人としてあらわれる人間のあいだの越えがたい対立という問いに変化していった。この対立は「逆立」であるといわれているが、それは双方が相似形であり逆転していることを意味するのか、それともたがいにまったく異質だということか、たがいの関係がある種の屈折をこうむるということなのか。この「逆立」はたんに同一ではないということ、つまり「ずれ」や「葛藤」を意味するのか。もし厳密に「反転」を意味するとすれば、何がどこで反転しているのか、どうしても説明を求めたくなる。

吉本によれば、「逆立」は表現と現実とのあいだにもある。「わたしの言語思想からは、人間がしばしば、その表現と現実とを逆立していることがありうるし、人間と人間との現実的な関係のなかでは、しばしば表現は、現実にある状態と逆立したり、屈折したりしてあらわれ、その逆立や屈折の構造のなかに言葉の現実性があることがみちびきだされる」[15]。ここでもやはり、表現と現実のあいだで何が「逆立」するかについて吉本はふれていない。意識上に表出することが関係の強いることと合致せず、一方が肯定することを他方が否定するという事態が起きる。ただそのような乖離を指摘しているだけだ。

「日本のナショナリズム」や「自立の思想的拠点」のような六〇年代の代表的エセーで吉本は、「転向論」から問うてきたことを、ときの政争や論争を通じていよいよ本格的に問い、問うほどにおそらくある壁にぶつかっていた。大衆の意識や感性と個人の意識や知性とが本質的に分離し、「逆立」していることを問題にすればするほど、さらにそれらの意識の内容と構造を掘り下げ解明するためのカテゴリーを設けなければ、たんに矛盾しあう意識と現実の〈弁証法〉を、語彙を変えて反復するだけに終わるかもしれなかった。

2 ナショナリズムにおける屈折

もちろん、こういう思想の課題は〈大衆を啓蒙する〉といったことではありえない。吉本の〈大衆論〉の文体はおよそ啓蒙とはほど遠く、はりつめて、原理的、確信的でありながらも屈折し、あまり対話的ではなかった。そこにアカデミックな評論にはありえない妙に砕けた言い回し(「他人の向う脛をかっぱらう」、「じぶんのカボチャ頭の判断」[16])や、詩的表現や、ひらがな表記の観念語が混じって、風変わりな文体を形づくっていた。彼はこの文体によってみずからに多くの難問を課し、読者

(14) 吉本隆明『改訂新版 共同幻想論』角川ソフィア文庫、一九八二年、四五ページ。
(15) 「自立の思想的拠点」、『吉本隆明全集撰3 政治思想』二一七ページ。
(16) 「アクシスの問題」、同、三五ページ。

にもそれをつきつけた。問題の焦点は大衆を啓蒙することではなく、たんに大衆の味方であることでもなく、そのなかに埋没し癒着することでもなく、まして大衆を拒否し、孤立し、飛び立つことでもない。にもかかわらず、この思想は国家批判であり、インタナショナリズムを射程に入れ、「社会総体のヴィジョンを組み立て」ようとするかぎり、まったく知的、論理的な実践であるにちがいなかった。

一方、普遍性としてのインタナショナリズムを標榜してきた知識人の水面下の「感性的秩序」は、まさに「ナショナリズム」であり、それは「論理的な対象として分離されない段階」[17]にあった。吉本は近代日本の独自の体験として「ナショナリズム」を執拗に問うことになる。

この「ナショナリズム」はすでに、大衆の感性と知識人のあいだの心理的屈折において成立したのである。共同体や土地への素朴な感性的愛着が、少なくとも国家の観念と知的に結合されなければ「愛国心」のようなものになりえない。しかしそれもまた「論理化されない」結合であり、いわば野合であり癒着なのだ。安保条約改定の反対運動では、反対の意志を共有した知識人たちの多くが、民族の独立や日本の中立などを理念として戦ったが、吉本はそこにも、いわば論理化されないナショナリズムをみていた。吉本にとって争点は民衆の権利と対立する国家意志であり、国家独占であり、喫緊の目標は国家批判の論理であった。ここで問題になったナショナリズムは、たんにインタナショナリズムの側に立つことによって批判し、解体できるようなものではない。国家批判の論理をもたないインタナショナリズムは、ナショナリズムの異型にすぎないというところまで、すでに吉本の発想はおよんでいた。
吉本の「日本のナショナリズム」という評論は、おもに歌曲や唱歌を手がかりにしてナショナリズムの構造をさぐっている。歌に流れる心情はセンチメンタリズムやロマンチシズムでありながら、そのなかにリアリズムや批判を忍ばせて、しばしば両義的である。そのような表面と裏面の総体が大衆のナショナリズムなのだ、と吉本は書いている。歌にあらわれたナショナリズムを読みこんでいくと、明治期の歌に含まれた「身を立て名を挙げ」というような政治的社会的要素が大正期には影をひそめてしまうことがわかる。さらに昭和期になると、歌におけるナショナリズムの基盤は失われて「概念化」していった、と吉本は分析を進めている。この変化は日本の近代化、資本主義化の加速によるものだった。そのようなナショナリズムの基盤喪失がもたらした空白をラジカルに埋めるようにして、こんどは「知識層」が「ウルトラ化」したナショナリズムをそこに注入することになる。昭和期に台頭するさまざまな知的ナショナリズム運動（社会ファシズム、農本主義、天皇主義）を、こんなふうに唱歌の変遷をたどりながら吉本は説明している。

明治・大正・昭和と変遷してゆく近代日本の大衆「ナショナリズム」の心情的な核のあるいは主題の、喪失過程は、知識人にとって、国権意識と民権意識とのわかちがたい混合から、それら

（17）「日本のナショナリズム」、同、一五一ページ。

が、すべての資本制生産力「ナショナリズム」(社会ファシズム)へと合流し、この空隙によって充たされないものが、「叛臣」的な「ナショナリズム」意識から、移植デモクラシーをへて移植マルクス主義へと分離し、これがふたたび昭和十年代に、生産力「ナショナリズム」(社会ファシズム)をへて、知識人の「ナショナリズム」のウルトラ化と合流する過程と対応している。[18]

そもそも歴史上のどんな集団も、みずからの生きる場所、環境、景観に対して感情的な一体感をもち、それは家族や共同体との親和感に溶けあっている。むしろパトリオティズムというべきそのような感情は、ナショナリズムというほどのスケールや形式をもってはいない。吉本の分析を言いかえてみれば、明治の天皇制は維新後の日本の「一般的表象」のように作動して、大衆の意識とそれほど矛盾することも分裂することもなく、それ自体多様なものであるパトリオティズムを包摂し、実質的なナショナリズムを保持することができていた。大正、昭和にかけて資本主義化が急速に進む過程では、地域共同体に根ざすパトリオティズムの解体が同時に進行していった。いわば「国権意識と民権意識」の結合が解かれて、ナショナリズムが空洞化したのである。「憎しみは資本制社会に、思想の幻想は天皇制に、というのが日本の大衆「ナショナリズム」があたえられた陥穽であった」[19]。資本制に対して反動的に働いた心情が、天皇制イデオロギーを補強して国家支配の体制を確立することになるが、この天皇制は、すでに明治の天皇制ではなく、それを支えるべく再構築された(ウルトラ)ナショナリズムも、明治のナショナリズムから変質していた。

北一輝、大川周明らの「農本主義ファシズム」はそのようなウルトラ＝ナショナリズムを純粋に理念化し、先鋭化したものだった、と吉本は述べている。国家支配の理念と化したウルトラ＝ナショナリズムのほうは裏面に醜悪で残虐な面をもち、徹底抗戦を唱えながら、やがて掌をかえすように無条件降伏をなしえた。戦時ばかりでなく戦後も、右でも左でも「転向」が起きた。そもそも戦争を支持するナショナリズムの中心に、空洞化したものを過激な理念でみたすという自己欺瞞的な特性が含まれていた。その自己欺瞞の歴史的、階級的、心理的構造を自省しないですめば、戦後を迎えても、民主主義者も社会主義者もまだ自己欺瞞的な構造を保持することができたのだ。吉本隆明の批判がまず戦後のパリサイ人たちの「擬制」を糾弾するキリストの声のようにして始まったことはすでにみたとおりである。

吉本の考察の重心は、けっしてナショナリズムを批判しインタナショナリズムを標榜することではなかった。戦後の安保条約改定をめぐっても、吉本は独立（中立）か、それともアメリカ依存かといった選択肢よりも、問題はナショナリズムそのものを論理化することであると強調した。彼にとっては結局、ナショナリズムのほんとうの主体としての「大衆」をどのように思想化するかということが、中心の問いであった。

（18）同、一八四ページ。
（19）同、一八八ページ。

生涯のうちに、じぶんの職場と家をつなぐ生活圏を離れることもできないし、離れようともしないで、どんな支配にたいしても無関心に無自覚にゆれるように生活し、死ぬというところに、大衆の「ナショナリズム」の核があるとすれば、これこそが、どのような政治人よりも重たく存在しているものとして思想化するに価する。ここに「自立」主義の基盤がある。[20]

大衆「ナショナリズム」がまだ現実の基盤に根拠をもつかのように、戦後の知識人は語ろうとする。しかし資本制は、すでにその基盤を深く侵食している。「揚げ底」されたナショナリズムを「土着化にみちびく道」は何かと吉本は問うが、ほんとうはこれに答えらしい答えはない。「政治的には、資本制支配層そのものを追い詰め、つきおとす長い道と、思想的には、大衆「ナショナリズム」の「揚げ底」を大衆自体の生活思想の深化（自立化）によって、大衆自体が、自己分離せしめるという方途以外には存在しないのである[21]」とまったく観念的に書くことができただけだ。

3 ダブルバインド

こうして吉本の問いはいわば煮詰まっていき、同語反復に陥っていった感じがある。かつて「関係の絶対性」として吉本が着目したことは、どんなに知的で尖端的にみえる思想も、それを無意識の感性の側から規定している「関係」の強制力を前にしてはもろいものだという指摘だった。もちろんそれにとどまらずに、なんとか処方箋を出そうとした吉本は、とにかく尖端的な知性と大衆的な感性とのあいだの「ねじれ」に注目しつづけた。

土俗的な言葉に着眼し、それをおしすすめて思想の原型をつくろうとしても、尖端的な課題にゆきつくことはできないし、また逆に世界の尖端的な言語から土俗的な言語をとらえかえすことができないという結節や屈折の構造があり、戦前から戦後にかけて、大衆的な課題を視界にいれようとした思想は、この不可視の結節をかんがえることができなかったために、虚構の大衆像をとらざるをえなかった。

わたしが課題としたい思想的な言葉は、この各時代の尖端と土俗とのあいだに張られる言語空間の構造を下降し、また上昇しうることにおかれている。わが国では大衆的な言葉に固執する思想は、かならず世捨て人の思想である。おなじように尖端的な言葉に固執する思想は、かならずモダニズムの思想とならざるをえないのである。[22]

(20) 同、二〇五ページ。
(21) 同、二一一ページ。
(22) 「自立の思想的拠点」、同、二一五ページ。

「自立の思想的拠点」で、「大衆」をめぐる吉本の思索は屈折し深まるほどに、いよいよ硬い壁に突きあたっていた。大衆から遊離して尖端で突っ走るのでもなく、大衆に味方して埋没するのでもなく、そのあいだで引き裂かれ、「下降し、また上昇」することが、たしかに吉本の思想的実践であったにちがいない。そのような葛藤をけんめいに論理化しようとしたことがすでに彼独自の問題提起であり、思想的到達点であっただろう。しかし、それ以上進むには、ここに示唆されているような「言語空間の構造」を解明しなければならなかったし、「大衆的」「土俗的」なものが「プロレタリアート」にも「階級」にも還元されないとすれば、大衆的なものの本体を形づくる共同の「幻想」のなかに分け入っていく必要があった。形骸化し、実質を失って空洞化していたのは戦前のナショナリズムだけではなかった。「大衆」という集団性の根拠も紐帯も、ますます希薄になっていた。

戦後の思想にとって「大衆」とは何かを執拗に問題にしつづけた吉本の論点も、八〇年代には少なからず変化していった。それは、いまではもう過ぎ去ったものとして葬ってもいい問題なのか、それとも民主主義の実体も思想もますます見えがたくなってきたいま、あらためてここに新たな展望のなかで再考すべき余地があるのか、さしあたって正解の見えない問いをめぐって私たちは考えてみるしかない。

安保闘争のさいには、既成左翼から指弾された学生運動の主導する国会構内集会が吉本にとって最大の争点のひとつだった。この実力行使を弁護しようとした吉本の立論は、法理論的に、あるいは道義的に抵抗運動を擁護するものではなく、まさに「思想的弁護論」（一九六五年）として、学生たちの抵抗が「ただ思想の表現行為としてのみ存在した」[23]と強調するものだった。検事にはもちろん、弁護士にも通じがたい原理的な立場から、この弁護論は展開されていた。ほんとうは、吉本のいう「大衆」もまたそのように「ただ思想の表現行為としてのみ存在し」うる共同体であったかもしれない。少なくともそれは「運動論」の次元にはなかった。けっして吉本は大衆を、あるいは大衆の「原像」を理想化し理念化していたわけではなかった。一生自分の生活圏を離れることがなく、黙々と受動的に、あまり夢想も野心も抱くことのない日常を反復する農民や職人やサラリーマンの姿が、たしかに彼にとって大衆の「原像」だったにちがいない。しかし少なくともそれは、ただ大衆の生活感やセンチメンタリズムやリアリズムやエゴイズムに還元しうる「大衆」ではなかった。

関係論（「関係の絶対性」）、転向論、ナショナリズム論、そして大衆論と少しずつ移動していった吉本の思考は、いくつかの次元にひろがり、継続されていった。

そもそも大学やアカデミズムの外で始めた批評的思索を、市井の思想家として同人誌を続けながら、徐々に体系的な理論として結晶させていくという彼の実践そのものが、すでに「大衆の思想をくりこむ」試みでありつづけたはずだ。大衆は実在する集団であり、吉本自身もその一員として、その思想を表現することができたはずだったし、そのような試みをした知性も文学も、げんに日本

（23）「思想的弁護論——六・一五事件公判について」、同、二九二ページ。

語の世界に前例がないわけではなかった。たとえば前にもあげた啄木の歌（「空家に入り／煙草のみたることありき／あはれただ一人居たきばかりに」）を引きながら、吉本はこう書くことができた。

もはやからみつかれた生活からどこにも逃がれる場所をもたず、また空想に逃れる術もかんがえもなくひっそりとした空家のゆかに腰をおろして煙草をのんでいる男のイメージに、生活の才なき自己の姿を、負債をうける人物の眼のなかに耐えしのんで視ている自意識のなかに、生活者以外のなにものでもないという諦念を、外皮だけの生活者との対比のなかに見つめるところに、啄木によってはじめて生活思想上にあらわれた日本近代の実相をみることができたのである。[24]
（「近代精神の詩的展開」一九六二年）

「大衆」はけっして表現しないわけではなく、叡智や感性を獲得してみずからを解放していく存在でありうる。「意識と生活の見えざる革命[25]」が、資本主義のなかにあってもまさに資本主義の高度化の成果として進行しつつあることに、とりわけ八〇年代の吉本は注目するようになる。たしかにそれはもはや啄木の歌のなかに存在した大衆ではなかったにちがいないが、大衆という問題はまだ存在したのだ。

そして一方で「大衆」とは、吉本にとってあたかも実在しない群れの影のようなものでもあった。それは知性や意識をいつも逃れ、不可能な永久革命の目標のようでもあった。それはまさに「水面下に」潜在するのであり、表現され形を帯び、実在するものとして実体化されるときにはただその影として目の前にあるだけで、その本体は遠くに退き隠れてしまう。安保闘争の学生運動の抵抗を「ただ思想の表現行為としてのみ存在した」と定義した吉本にとって、大衆もまたまさに表現されるだけの「原像」であり、究極の「理念」であるかのようにして彼の思想の根拠になりえた。たとえ大衆は幻想ではないとしても、私たちが知り、把握し、その一員でありうるような大衆とはけっして大衆の本体ではなく、その影にすぎないかのようだった。

「大衆の思想をくりこむ」知とは、ただ上昇し、洗練され、高度になり、超越する知ではなく、仏教で（浄土への）「往相」と呼ばれる知ではありえない。それはむしろ「浄土」からの「還相」であり、「生死の迷いの庭や煩悩の林の中にふたたびもどって」[26]くる知であり、すでに知ではなく、むしろ「非知」である。大衆であることは非知のただなかに入ることであり、大衆を外側から知ることはあまり意味がないし、そもそも不可能なのだ。親鸞について論じた文章で、吉本はこのように「還相」の「非知」として彼の大衆論をつきつめた。つきつめすぎた、ともいえる。「大衆」は、そのような信仰の言葉とともにラジカルに凝縮してはならない問題であったかもしれないのだ。

大衆は知の永遠の目標であり、知にとって大衆になりきることがおそらく最終的目標なのだが、

(24) 吉本隆明『詩学叙説』思潮社、二〇〇六年、二六八ページ。
(25)「重層的な非決定へ」、『吉本隆明全集撰3　政治思想』五五六ページ。
(26) 吉本隆明『最後の親鸞』ちくま学芸文庫、二〇〇二年、一九二ページ。

それはけっして到達することも知ることもできない目標なのだ。大衆は不可欠であるが、けっして到達しえない。吉本の大衆論はそのようなダブルバインド（背理）とともにあり、しかもそれが彼自身の思考をうながし、たえず緊張をせまる原動力であったといえる。

4　大衆、民衆あるいは共同体

それはけっして「大衆」と名指されることがなく、むしろ「共同体」として西洋の思想家たちが問題にしてきたことと関係がある。たとえばルソーを「最初の共同体の思想家」と呼びながら、ジャン＝リュック・ナンシーは書いている。「ルソーによれば社会とは共同的な（あるいは通い合う）親密さの喪失ないしは衰退として認識され再認識され、それ以後一方で否応なく孤独者を生み出すと同時に、他方では望みどおりに、主権をそなえた自由な共同体の市民を生み出すとみなされている」(27)。こういう視野のなかには、あたかも「大衆」の場所などないようだ。社会とは親密さを失って、すでに共同体らしからぬ集合であり、孤独な個人の集まりであり、孤独なままに自由な市民の団体でもある。そういう個人は、いわば小林秀雄のいう「社会化された私」でもあった。共同体は階級や階層ではなく、個人の有限性をこえて個人を結びつける集団性であるとすれば、個人が存在することがまず前提なのだ。しかし吉本が問題にした近代日本の「大衆」は、国家と資本制に包囲されながらも、まだ「親密さ」を失わず、生活者として、いわゆる「ゲマインシャフト」にまだ根付いているかのようだった。

モーリス・ブランショは六八年五月を回想しながら、そこに出現した共同体を「明かしえぬ共同体」と名づけ、コミュニズム（共産主義）をこえるコミュニティを構想したが、この発想は、ジャン＝リュック・ナンシーのいう「無為の共同体」に応えるものだった。彼らは必ずしもそれを「大衆」や「民衆」のように現実的な階級的ニュアンスをもつ表象に結びつけてはいない。むしろそれは表象をもちえない集団であり、けっして「階級」ではないのだ。あるいは民衆であるとしても、この民衆とは「社会的事象の解体であるとともに、それらの事象を法が囲い込むことのできない至高性〔主権性〕〔…〕において社会的事象を再創出しようとする頑なな執着ともいうべきものである」(28)。

ルソーにとっても、やがてマルクスにとっても、社会とはすでに親密さを失い「疎外された」個人の集まりで、その疎外の状態を克服することが革命の課題であったとすれば、ブランショやナンシーは、その果てにけっして理想ではなく、有限なままに無限であるような、いわば実現される潜在性ともいえるような「共同体」を描き出し、新たに共同体を問題にしていた。吉本の言う「大衆」は、異なる歴史のなかで共同体を問題にしていたとはいえ、やはり「明かしえぬ」ものとして

(27) ジャン＝リュック・ナンシー『無為の共同体――哲学を問い直す分有の思考』西谷修、安原伸一朗訳、以文社、二〇〇一年、一八―一九ページ。
(28) モーリス・ブランショ『明かしえぬ共同体』西谷修訳、ちくま学芸文庫、一九九七年、七〇ページ。

「大衆」を問題にしていたという意味では、六八年を思索したフランスの哲学者たちの問題提起と響きあうところがあった。

あるいはまた、ロマン主義の音楽において、また現代の映画について「民衆が欠けている」ことを繰り返し論じたドゥルーズ（そしてガタリ）のことも私は思い出すのだ。「民衆はもはや存在しない。あるいはまだ存在しない……民衆が欠けている」(29)。「集団を形成することの不可能、そして集団を形成しないことの不可能という二重の不可能性」(30)は、あらゆる表現にとってたんに副次的、付随的な問題ではなく、中心の命題になることを彼は示唆していた。そしてたんに欠如や不可能だけでなく、さまざま試みのなかに「可能性」も見いだしたのである。「作家は多かれ少なかれ文盲である彼の共同体の周縁に位置し、あるいはその外側にあるのだが、このような条件のせいで彼はなおさらよく潜在的な力を表現することができ、彼の孤独そのものにおいて、真の集団的な動因であり、集団的な誘因であり、触媒であることができる」(31)。芸術家が民衆によりそい、彼らを代表するわけではなく、民衆がそのまま芸術家に変身するわけでもなく、双方がもはや個人（individu）ではなく、何か可分的なもの（dividuel）、分子的なものになる。もはや民衆はひとりひとり（主体）の集合ではない。意識、無意識、そして身体を構成する無数の分子の集合なのだ。吉本が「ケロリとした洞察者」(32)と形容した『アンチ・オイディプス』の著者たちもまた、このようにして「大衆の原像」という問題をいたるところに見ていたのだ。

共同体と大衆の問題は、まさに文学の問題でもあった。吉本はそもそも詩と詩人に対して大衆の問題を問いはじめ、その問いを最後まで手放すことがなかった。文学は作者のうちに体験や理念としてある大衆と、読者として新たに生み出される大衆とともにあったからである。読者という大衆は、ただ読むという理念的な「無為の」行為において存在する集団であるという意味で、やはり現実の階級や数えうる集団に属するものではなかった。「読者」という民衆も、潜在的な、欠けたもの、来るべき集団として存在するしかないのだ。

そして、たとえ民衆から孤立するようにしてシニカルな個人やデカダンスの肖像を描いても、ボードレールの詩的創造が同時代のパリの群衆や新たな市場や流通の形態と綿密に対応していたことは、ベンヤミンがまさに指摘したことである。そしてジョイス、ベケットのきわめて知的、尖端的な創造も、けっしてアイルランドの「民衆」と無縁だったとはいえない。彼らの生み出した現代の孤独な魂の肖像は、個人をはるかに突き抜けて集団的な微粒子の肖像になっていたのだ。

そして吉本の大衆論には、もうひとつ問題があった。詩を書き、聖書そしてマルクスを読む自然科学研究者でもあった吉本は、それゆえある種の普遍主義的な認識態度をもちつづけた。そのうえ

---

(29) ジル・ドゥルーズ『シネマ2＊時間イメージ』宇野邦一ほか訳、法政大学出版局、二〇〇六年、三〇〇ページ。
(30) 同、三〇四ページ。
(31) 同、三〇七ページ。
(32) 吉本隆明「『アンチ・オイディプス』論——ジル・ドゥルーズ、フェリックス・ガタリ批判」、『吉本隆明全集撰3 政治思想』六〇六ページ。

で日本人の近代以降の集団と個人、尖端と伝統（生活思想）、意識と関係のあいだの屈折やねじれをけっして忘れずに「大衆」の思想を考えつづけた。普遍主義者でありながら吉本は、この国に生じた特異な状況をどんな普遍的論理にも委ねることはできないという姿勢を、おおむねつらぬくことになった。とくに七〇年代までは日本の歴史と思想の特異体質を批判しても、けっしてその外側に立とうとはしなかった。その頑なさには、もちろん功罪両方があった。

それにしてもあの「大衆の原像」という問いは、すでに解決され風化したのだろうか。解決されないまま風化してしまったのだろうか。それとも風化したようにみえたのは嘘で、解決されないまま持続しているのだろうか。

たとえばカフカとプラハのユダヤ人共同体のことを考えてみてもいい。ユダヤ人とはどういう「大衆」であったのか。この共同体に対する奇妙な孤独と負い目の意識は、カフカの文学に表現されてからは、もう一地方の大衆やインテリの問題ではありえなくなったのだ。日本のナショナリズムの体験を考えるにあたって、けっして「他国の体験にもとめることはできない」(33)と吉本は書いたが、それぞれの置換不可能な固有の体験がそれゆえに普遍的な意味をもつことはありうることだ。

大衆、民衆、そして共同体、それぞれについて少しずつ異なる問いが放たれることになる。「大衆」の大という文字は、多数の集合として、むしろマッスを意味しうる。吉本は、その「大衆」をありふれた、いたるところで営まれる「生活」に結びつけた。それにはむしろ民衆（ピープル）という言葉のほうが適切だったかもしれないが、民衆も、なおさら「人民」も「社会主義」的ニュアンスを帯びすぎた用語だったかもしれない。いずれにしても、大衆はたんに「共同体」ではなく、被支配や下層階級を意味し、多数ではあっても支配階級に対してはマイノリティとして存在する。「日本の大衆を絶対に敵としないという思想方法」を実践することは、吉本にとって第一の課題にちがいなかった。

しかしこの選択に対しても、ただ疑義を述べるだけでなく、対話的な問題提起をする余地はあった。というのも、近代の思想の重要な足跡のひとつはニーチェに始まるような〈大衆の批判〉であったのだ。弱者、劣等者の集団としての大衆は連帯して怨念を蓄積し、やがて強者を攻撃し復讐をとげる。キリスト教にも近代のデモクラシーにも、そのような「畜群本能」をみて徹底的に批判することがニーチェ哲学の核心のモチーフであったことはよく知られている。そのような批判は、世紀が変わってもオルテガのような思想家に継承され（『大衆の反逆』）、さまざまな反応と展開をもたらすのである。あるいは『黙示録論』を書いたD・H・ロレンスにとって、優しく温和なキリストは個人主義者であり、怨念と復讐心からなる集団心理を体現するキリスト教を築いたのは、むしろ黙示録の作者ヨハネであった。しかし吉本は、ほとんど親鸞に通うような大衆への「信」を最後まで保ちつづけたのである。

またすでにニーチェ以前に、「大衆」-「民衆」をめぐる政治的表象とその統治の問題が、ルソー主

（33）「日本のナショナリズム」、同、一六〇ページ。

義とフランス革命をめぐって存在したのだ。そのことをアメリカ革命と対比しながら深く考えたのはハンナ・アレントだった（『革命について』）。貧困な民衆の怒りがフランス革命の原動力であったとしても、その革命を導いたのは民衆への「同情」を原理として民衆を代表したジャコバン派であり、そこではデモクラシーが機能することなく、独裁とテロルが進んでいった。民衆からまったく孤立した地位にあった革命家たちの集団は、民衆を代表するみずからの権利を、とりわけ困窮し苦悩する民衆への「同情」によって正当化した。「同情」によって汲まれた民衆の意志がそのまま「一般意志」となり、自由も公共空間も創設されることがなく、フランス革命は失敗に終わったとアレントは厳しく批判した。むしろ貧困の解決ではなく自由と複数性を原理とする政体を構成することに力を注いだアメリカ独立革命のほうを評価すべきものと考えた。ここにもまた大衆（の解放）を究極の目標とする政治思想にとって難題が提出されていた。

そして吉本は、アレントの公共性の政治学を読んでいたかどうか別として、日本の戦後処理と憲法創立にかかわったアメリカの占領政策の〈公共性〉に対しては、むしろ一貫して肯定的だった。吉本の大衆論もまた、けっしてアレントの公共性論からまったく遠い異質な思想ではなかったと思えるのだ。

資本主義はどこまでも人々を市場に導いて共同体を解体していくので、共同体の問題を引き受けてきたのはむしろ社会主義、共産主義であり、一方、資本主義に包囲された共同体の試みはしばしば宗教的精神によって牽引されてきた。その果てで問題化され、定式化された「明かしえぬ共同体」（ブランショ）のような共同体のイメージは、じつは長いあいだにわたる共同体の実験の果てにあらわれた極限の形態であると同時に、いたるところで試みられてきた共同体の本質を名指す言葉であった。すでにルソーの考えた共同体でさえも、そういう特質をもっていたといえる。

それは〈ともにあること〉、複数性、そして他者との共存という形でもさまざまに問われつづけてきた問題にリンクするのだ。初期の吉本は大衆の問いを、他の地域の体験には代えがたいものとして、日本近代にむけて、とりわけ詩と文学を通じて引き受けることになった。じつはそれは、二十世紀後半の世界がいたるところで問うようになった問いとたしかにつながっていた。「井の中の蛙は、井の外に虚像をもつかぎりは、井の中にあるが、井の外に虚像をもたなければ、井の中にあること自体が、井の外とつながっている、という方法を択びたいとおもう。これは誤りであるかもしれぬ、……」と吉本は書いた[34]。吉本は、そのように問いを特異化することで、はじめて考えを押し進めることができたにちがいない。特異化が普遍化となり、特異性に密着しなければ普遍にいたれないという立場をつらぬいたのだ。しかしその思考を、いまはそのように強い動機によって選ばれた特異な〈内部〉から解放して読んでもいいはずで、むしろそのことが私たちには必要なのだ。

---

(34) 同、二〇五ページ。

II

A　言語、生成と転移

1　発生的考察

言語についての問いもまた、吉本隆明が一生手放すことのなかった問いである。この問いは多くの場合、詩的言語と文学表現にむかって放たれたが、初期の問題が転向論そして戦争責任論のように政治の次元に深く関与していたので、まず吉本は文学から歴史的社会的現実にわたる大きな円環のなかで問いをたて、しだいに焦点を絞りながら進まなければならなかった。そこでまず文学を無媒介に、社会野を「表象」し階級意識を表現するものとみなす「社会主義リアリズム」を問題にせざるをえなかったのである。

それに「大衆」は、ただ文学において描写し表現し、その肖像や群像をつくりだせばいいような実体ではありえない。たしかに〈大衆的な〉感性も思考も、いたるところでさまざまな形で表現されてきた。しかし吉本はそのことをふまえながら、何かしら到達不可能な潜在性として「大衆」を問題にした。この点でも、文学の言葉がどういう構造や関係を通じて人間の生きる集団的現実とかかわるのか究明する必要があった。

吉本は『言語にとって美とはなにか』を書きながら、何よりもまず日本語の文学空間を掘り下げようとしたが、ある程度まで西洋の言語学や言語哲学の認識を参照している。その西洋の二十世紀で言語の探求はたんに「言語学」という一分野をはるかにこえ、人文諸科学や芸術的実践を通じて言語そのものを新たに問い、知と認識の前提そのものを問う思考として拡張されていった。「一般言語学」（ソシュール）が出現し、さらにロシア・フォルマリズムが意味内容ではなく形式をめぐる創造として文学を考察するようになったことは、やがて二十世紀後半の構造主義や記号学の隆盛につながっていった。人間を考察するよりも人間の生み出した言語を考察することのほうが人間の学にとってより切実であり妥当であるという見方がインパクトをもった。このことには、ある必然性があった。

すでにニーチェさえもそういう見方を示唆していたのだ。彼はコギト（私は考える、ゆえに私はある）をたんなる「文法上の習慣」とみなすような視線をもっていた。それはデカルトにとって第一原理でありえても、すでに一言語の文法的構造を前提とし、それに拘束されている。やがて言語とは何かという問いと、言語学を範型とする認識は、知の大きな転換の蝶番のような役割を果たし、あるいは知の断絶の兆候となった。吉本の言語論は、西洋のそういう潮流の遠くで孤独のうちに始められたが、ある意味でそれは、言語の認識をめぐり世界で同時に進行した転換を鋭敏に反映し、独自に遂行する試みでもあった。彼の問い方と問いのゆくえは、フォルマリスムとも記号学ともまったく異なっていたが、〈意味伝達〉の内容から断絶してテクストの形式そのものに着目するという転換の方向は一致していた。

言語についての認識は、それを言語でもってするしかない以上、どうしても論点先取、循環論法、同語反復をのがれられない。まして言語の始まりについて語ろうとしても、すでに獲得された言語によって、言語がない状態から言語がある状態への移行を語るしかない。そこで起源論や発生論は禁止されるか、あるいはそのあいまいさを避ける傾向が黙契のようになりたってしまう。しかし吉本は必ずしも生成の場面について語ることを避けてはいない。いやむしろ生成や転移の場面を考察することこそ、吉本の文学言語論の中心的課題になったのだ。生成の問題をしめだしてしまった構造主義言語学は、吉本にはほとんど手がかりにならなかった。

エンゲルスの「猿の人類化への労働の関与」を参照しつつ、「労働の発達」が言語の発達をうながしたという主張を検討しながら、吉本は必ずしも言語の起源を特定しようとしたわけではない。たとえ労働する人間が言語を必要とするという条件が生まれても、人間がその結果、実際に言語を運用するようになるまでには「比喩的にいえば千里の径庭がある」(1)。遊戯や祭式、あるいは労働が言語の発生をうながしたことについてさまざまな議論がおこなわれてきたが、人間に固有の遊戯も祭式も労働も、すでに言語的な交通と一体であるというしかない。言語をもつ人間は、言語を用いるからこそ動物とはちがう仕方で遊戯や祭式や労働をおこなう。言語の起源はほとんど人間の起源に等しいのに、言語の起源を考える学者はしばしばすでに人類史の進んだ段階を想定し、言語の発生のあとでないとすれば、少なくとも言語とともに成立するはずの祭式や労働を前提としてきた。

むしろ自然人類学の成果が示唆しているように、四肢のうちふたつで立ち上がり、前足を解放し、こうして両手の活動が顔面や口腔の機能を解放したことに注目したほうがいいのではないか。こうして顔面には、しだいにしなやかな動きが生まれ、分節音を発しうる喉、口腔、唇が形成され、手と指のほうも道具を操る複雑な機能を高めていく。それにつれて記号的言語的な機能のために、脳の容積が格段に大きくなっていく。そのように言語発生の条件を整えるゆるやかな器官の変容を思い描くことができる。ルロワ＝グーラン『身ぶりと言葉』はけっして言語の起源について語ってはいないが、言語の能力を準備する器官の進化については精密に語っている。

吉本はエンゲルスの労働起源説を採用するかのようにして語っているが、言語の起源がどんな活動であるかではなく、むしろどのような意識の状態であるかについて語るのだ。

この〔労働が発達した〕段階では、社会構成の網目はいたるところで高度に複雑になる。これは人類にある意識的なしこりをあたえ、このしこりが濃度をもつようになると、やがて共通の意識符牒を抽出するようになる。そして有節音が自己表出（selbstausdrücken）されることになる。人間

(1) 吉本隆明『定本 言語にとって美とはなにかI』角川ソフィア文庫、二〇〇一年、三六ページ。

の意識の自己表出は、そのまま自己意識への反作用であり、それはまた他の人間との人間的意識の関係づけになる。(2)

たとえば狩猟人が、ある日はじめて海岸に迷いでて、ひろびろと青い海をみたとする。人間の意識が現実的反射の段階にあったとしたら、海が視覚に反映したときある叫びを〈う〉なら〈う〉と発するはずだ。また、さわりの段階にあるとすれば、海が視覚に映ったとき意識はあるさわりをおぼえ〈う〉なら〈う〉という有節音を発するだろう。(3)

「意識のさわり」とともにある〈う〉という「有節音」はすでに自己表出とともにあり、眼前の青いひろがりを「象徴的(記号的)」に指示すると吉本は述べ、「こういう言語としての最小の条件をもったとき、有節音はそれを発したものにとって、自己をふくみながら自己にたいする存在となりそのことによって他にたいする存在となる。反対に、他のための存在であることによって自己にたいする存在となり、それは自己自体をはらむといってもよい」(4)と、さっそくドイツ哲学の弁証法の用語(対自、対他)で「自己表出」を説明している。〈う〉という音声が海という目の前の現実に対する「反射」として、その海を指示する表出であるとすれば、この音声の意識に対する「さわり」は〈う〉自体の「自己表出」である。そこで言語的な意識は、現実的対象にむかう指示表出のベクトルと、記号作用をもつ音声自体の自己表出のベクトルとの和である、と吉本は説明する。

自己表出のベクトルによって、〈う〉はもはや現実の海を指示するだけでなく、すでに概念としての海を意味するようになる。自己表出としての意識が指示作用を支えることが、言語の成立の基本要件であり、それには「自己を対象化しうる能力の発達」あるいは意識が「強い構造をもつ」ようになることが必要である。(5)吉本は言語の起源について何も確かなことを主張するわけではないが、とにかくこのように言語の発生のシステムを意識の弁証法として語り、対他(指示表出)と対自(自己表出)の総合作用として説明しながら出発するのである。

「蜜蜂がたとえば、自分の巣箱で受けとったメッセージを他の巣箱に持っていくことは、観察されていない」(バンヴェニスト)。つまり蜜蜂は自分の見たことを伝えることはできるが、自分に伝えられたことをさらに伝えることはできないので、言語をもたないと結論していいことになる。蜜をみつけて〈み〉と反応しても、〈み〉が「意識のさわり」として刻印されていないなら、蜜に触れていない蜜蜂は他の蜜蜂にそれを伝えることができない。

言語がある対象を指示すると同時に、それ以上(以前)に対象の〈概念〉を指示することはつと

(2) 同、三七―三八ページ。
(3) 同、三八ページ。
(4) 同、三九ページ。ただし、ここでの引用は『吉本隆明全著作集6 文学論3』勁草書房、一九七二年、一二三ページから。
(5) 同、四八ページ。

に言語哲学によっても、ソシュールによっても大前提となっている。しかしまさにこの「概念」についてさまざまな問題提起がなされてきた。そしてそれを指示する音声も、言語のシステムのなかでは音の像（image acoustique）として同定しうるものでなければならない。〈う〉がどんなに訛って発音されようと、同じ〈う〉として認知されなければならない。言語として分節された音声も指示対象の概念も、等しく現実の音や現実の指示対象から抽象されなければならない。吉本の説明にしたがえば、「自己表出」は音声に関しても指示対象に関しても同時に生起しなければならないのである。

ソシュールのように言語を、音韻と概念をつらぬく「差異」の体系と考えることによって出発する立場はひろく共有されて、記号学、物語論、詩学（そして精神分析）にわたるさまざまな展開がこれから生まれた。一方でオースティンのように言語の行為的な面（スピーチ・アクト）から考察する立場もあって、それはすでに言語の使用が他者にもたらす現実的な効果を問題にすることになった。またヴィトゲンシュタインのように、言語を「命題」の集合に還元し、語りうることと語りえないことを厳密に検討するような思索もあらわれたのだ。そしてフーコーのように、言語の認識が西洋のそれぞれの時代にどのように形成され、おのおのの時代に固有のエピステーメーに組みこまれていたかを照らし出すような探求もおこなわれた（『言葉と物』）。

吉本が言語論を始めた時期の西洋では、そういう百家争鳴の言語思想が、まだ日本にあまり紹介されないまま進行中だった。「言葉を言葉としてとりだして考察するという一種の不毛な病は、言葉をかくという作業がとめどなくすすみ、袋小路にはいってしまった文化の段階を示唆するもので、ふたたび古代人とはべつな意味で、言葉が物神にまでおしあげられたことの証左なのだ。だから、わたしたちは、やむをえず、という意味と、必然的にという意味のふたつを背負って、言葉を言葉そのものとしてとりあげるのである」[(6)]。吉本はむしろ自分が親しんでいたドイツ哲学の弁証法的論理によって、まず言語発生の機構を考えた。いまでは、私なりに読んできた世界の言語思想の展開に照らして、それを読みなおしてみたくなる。

こうして『言語にとって美とはなにか』の第I章「言語の本質」で、吉本は「自己表出」と「指示表出」の和としてその本質を定義し、まさに発生の場面に重ねて定義したのである。そしてそのあとでは、時枝誠記のいわゆる「詞」と「辞」の区別を、三浦つとむのいう「客体的表現」と「主体的表現」の対立に重ね、さらに「指示表出」と「自己表出」に重ねあわせている。助動詞や助詞のように主体的な把握の仕方を示す「辞」を自己表出語として、名詞、代名詞のように客体的な対象を指示する「詞」を指示表出語として定義し、その中間に形容詞や動詞を配列する図表を描いている。音声が音韻として形をえ、自己表出として言語の意識構造をえるという発生過程をにらみつつ提出した指示表出―自己表出という概念が、そのままですでに十分複雑な文法構造をもつ言語における品詞の集合に適用されるのは、論の運びとして性急というしかない。とくに「自己表出」とい

(6) 同、七四ページ。

う用語は、このあとも言語の異なる水準や次元に対して、かなり不用意に適用されていくのだ。しかし私は、その性急さや短絡ぶりをあげつらうよりも、むしろ混乱をときほぐすようにしながら、自己表出と指示表出が交錯する論の展開から何が見えてくるか、たどってみたいと思う。

『言語にとって美とはなにか』は、もちろん言語作品において何が美しいかを究明しようとする探求ではなかった。むしろ文学作品の言語の特性とその歴史的変容を、ただ言語に固有の特性を通じて自立的に読みこもうとする試みだった。ロシア・フォルマリズムがすでにそのような試みだったとしても、それにとっては「形式」こそが自立的であり分析の対象になっていた。しかし吉本の関心とは自己表出と指示表出の弁証法であり、そこから発する変化の力動性だった。「自己表出」という言語の発生的次元における生起がそのまま現代文学のテクストに適用されるのは論理的短絡ではあっても、（吉本の思想全般においていえることだが）発生（生成）の論理をいたるところに注入することは、じつは彼の思考法の大きな特徴であり、注目すべきことでもある。

2　自己表出の拡張

「私は胃の底に核のようなものが頑強に密着しているのを右手に感じた。それでそれを一所懸命に引っぱった。すると何とした事だ。その核を頂点にして、私の肉体がずるずると引上げられて来たのだ……」のような島尾敏雄の一節（「夢の中での日常」）をとりあげて、このような文章の異例性を吉本は「自己表出の励起にともなう指示表出の変形」によるものとしている。また「言語が、自己表出を極度につらぬこうとするために、指示表出を擬事実の象徴に転化させたもの」[7]とそれを解析している。「言語の本質」の章では、自己表出とは、分節音を支える意識の強度であり、指示対象ではなく、指示の意識（対他）が同時にそれ自体として励起されている状態だったのだ。それは言語発生の機構そのものであるかのように説明された。したがって自己表出は、あらゆる言語のあらゆる構成要素に含まれているはずなのだ。

しかし、この島尾敏雄の文章の解析では「自己表出」は明らかに別のことを意味している。既成の標準的な使用法や伝達内容から脱落するかのような文があらわれる。ただ例外的なのではなく、それは何か別のことを言おうとしている。現代詩の言葉では、この脱落やずれはもっと大きくなり、それが詩的言語の目標ともなる。いわゆる指示作用からずれているが、そのずれはけっして言葉自体の自己表出に属するものではない。そういう例外性、脱落、ずれをすべて吉本は「自己表出」と呼んで、言語発生の場面における意識の強度と同質であるかのように論じている。逆に言語発生の場面にこの用語が跳ね返って反映し、もともと発生の場面で、すでに言語がみずからに対して疎外や逸脱を引き起こしているかのようなのだ。

このあとの論述でも、吉本は繰り返し指示表出と自己表出の二軸からなる座標上に考察の結果を

（7）同、七八ページ。

図示しつづける。またその後の『心的現象論序説』(一九七一年)でも『ハイ・イメージ論』(一九八九—九四年)でも、彼はダイアグラムを描きつづける。思索の結果を明快に視覚化するよりもむしろさらに問いを増殖させ、ほとんど説明せずに謎めいたダイアグラムを提示して終わることもある。私はその不備な点を問題にするよりは、おそらく部分的には科学技術者としての素養からきた図表主義が吉本の発想にとって何か本質的なものだったことに注意をむけることにしよう。

いずれにしても「言語の本質」の章で生成のプロセスとともにあった「自己表出」に対して、「言語の属性」の章で「自己表出」と呼ばれるものは、これと無関係ではなくても同じ「表出」ではない。後者の「自己表出」は、ある程度流布している記号学の用語である「コノテーション」(内示、含意)に置きかえてもほとんど差し支えないものである。顕在的、標準的な意味(デノテーション)に対して、あらゆる文学的言語が創造する潜在的、主体的、暗示的な意味がコノテーションと呼ばれる。雪→白→純潔→白鳥というふうに、ひとつひとつの語は、ひとたび言語の成立した世界では何層にもわたって具象から抽象へとさまざまな意味を折り畳んで置換される。それらが意識と感覚の多様な襞に対応してもいる。

ところが発生的段階から現代の文学的実験までの全過程を貫通する原理的図式を展開したい吉本の体系的野心にとって、コノテーションのような用語は受け容れられなかった。吉本の一貫性へのこういうこだわりがもたらした発見が、たしかにあったはずだ。発生の機構を反復する弁証法的過程として文学の言語の変容を考えるなら、同じ原理から類推して、現在も準備されている未来の変容を考えることもできるのだ。

やがて彼は「書き言葉は〔…〕言語の自己表出につかえるほうにすすみ、語り言葉は指示表出につかえるほうにすすむ」[8]と、後にあらわれる「文学体」と「話体」という対立概念を予告するが、これもまたかなり強引な図式化だった。書き言葉こそ、むしろ指示機能を定着し明瞭に規則化しつつ、言語のあらゆる操作可能性をもたらし、一方で複雑なコノテーションを増殖させてきたという点で、その機能はまったく両義的だからである。また語り言葉も声、リズム、音楽としてさまざまな自己表出を生み出すのではないか。

第Ⅲ章「韻律・撰択・転換・喩」では現代の短歌と詩をあつかって、とりわけ「喩」の問題に長いページを割いている。ここでも言語学・記号学ではひろく流通した「隠喩」と「換喩」という用語を採用せずに、「意味的な喩」と「像的な喩」という語で吉本は喩を二分している。「運命は／屋上から身を投げる少女のように／ぼくの頭上に落ちてきたのである」(黒田三郎「もはやそれ以上」)という喩は、直喩であっても意味にアクセントをおいているから「**意味的な喩**」[9]である。「靄は　街のまぶた／夜明けの屋根は　山高帽子」(北村太郎「ちいさな瞳」)において「靄」と「まぶた」、「屋根」と「山高帽子」は意味的に結びつかないが、「像」としてなら結合するので「**像的な喩**」[10]であ

(8) 同、一一〇ページ。
(9) 同、一五一—一五二ページ。
(10) 同、一五三—一五四ページ。

る。吉本は、そう説明している。しかし意味とはすなわち像を喚起することでもあり、像は意味を与えるので、意味と像とを画然と分離することはむずかしい。吉本の分析も、ときどきあいまいになって、意味的でもあれば像的でもありうる「喩」というものに逢着することになる。

「像」（イメージ）という問題を、吉本はすでに第Ⅱ章（「言語の属性」）で提案していたのである。

> 言語の**像**は、もちろん言語の指示表出が自己表出力によって対象の構造までもさす強さを手にいれ、そのかわりに自己表出によって知覚の次元からははるかに、離脱してしまった状態で、はじめてあらわれる。〔…〕言語の**像**がどうして可能になるか、を共同体的な要因へまで潜在的にくぐってゆけば、意識に自己表出をうながした社会的幻想の関係と、指示表出をうながした共同の関係とが矛盾をきたした、楽園喪失のさいしょまでかいくぐることができる[11]。

吉本はサルトルの想像力《イマジネール》に関する考察を念頭において、このように「像」について語り、「意識の指示表出と自己表出とのふしぎな縫目に[12]」像が生成されると書いている。イメージとは強化された指示表出と高度になった自己表出のあいだに析出されるようなものだというのだ。こうして言語は意味されるもの《シニフィエ》として概念を内包するということと、さらに知覚された対象のイメージを喚起するということという、ほとんど同時に起きるふたつのことが指摘されている。イメージにかかわる知覚はとりわけ視覚、ということになるが、けっしてそれにかぎられはしない。音や声のイメージ、触覚や嗅覚のイメージさえも存在するからだ。イメージを問題にしはじめると、言語の次元をこえて絵画、映画のように視覚のもたらす芸術に並べて文学を考えることを、たちまち私たちは強いられる。後の『ハイ・イメージ論』でイメージは、まさに再考すべき重要な主題になるのだ。

第Ⅲ章で、短歌をあつかうための準備として「韻律」を考察し、「韻律」を「指示性の根源」として吉本は定義しているが、[13]これもそれほど説得的でない定義である。指示性の根源は、分節された声音が自己表出として励起されることであるとすれば、指示性の根源とはむしろ自己表出でなければならない。そして韻律は自己表出の根源にある反復にかかわるにちがいない。吉本が引用しているヘーゲル（『美学』）も、韻文が与える効果は、文の内容ではなくもっぱら主観に属する「規定」からくると述べている。韻律はけっして指示表出の根源ではなく、自己表出（主観）とともにある反復と形式化にかかわるのだ。分節された声音とはすでに、リズム（韻律）をもつ音なのである。リズムとは、鳥の歌声を想起するだけでもわかるように、すでにリズムのない反復に対して決定的な差異を示す表出なのだ。そしてリズムを通じて、こんどはたんなる音韻以上の聴覚対象が言語とともにあらわれるが、もともと分節された声音（音韻）はただひとつ孤立してあらわれることがなく、いつもリズムとして声音の連鎖のなかにあらわれる。

（11）同、一一八―一一九ページ。
（12）同、一一四ページ。
（13）同、一三二ページ。

言語がそれ自体で喚起する知覚の発生的条件があり、それによって言語は視聴覚的なイメージをもたらすことができる。言語の一次的な機能（指示表出と自己表出）が芸術表現にむけて展開されるということは、この視聴覚的イメージそれ自体が目的となり価値となるということである。ここには少なくとも表出と知覚（像）という異なる二系列の問題がよこたわっている。しかし吉本は、「**意識の自己表出からみられた言語の全体の関係を価値とよぶ**[14]」とあくまで自己表出という用語を異なる場面でも貫徹しようとした。

さらには「喩」があらわれる前の前段階として、吉本は「撰択」「転換」について語ったのである。

> 言語の表現の美は作家がある場面を対象として**えらびとった**ということからはじまっている。これは、たとえてみれば、作者が現実の世界のなかで〈社会〉とのひとつの関係をえらびとったこととおなじ意味性をもっている。そして、つぎに言語のあらわす場面の**転換**が、えらびとられた場面からより高度に抽出されたものとしてやってくる。この意味は作者が現実の世界のなかで〈社会〉との動的な関係のなかに意識的にまた無意識的にはいりこんだことにたとえることができる。

そのあとさらに、場面の**転換**からより高度に抽出されたものとして**喩**がやってくる。そして**喩**のもんだいは作者が現実の世界で、現に〈社会〉と動的な関係にあるじぶん自身を、じぶんの外におかれたものとみなし、本来のじぶんを回復しようとする無意識のはたらきにかられていることにこている。[15]

記紀歌謡の世界で歌を詠んだ作者は、まだ対象をえらびとることができなかった。吉本はそのような段階から、いわば徐々に進化して「高度」になる文学空間を想定し、社会のなかで疎外される自己が徐々に「撰択」や「転換」を複雑化し、「喩」を生み出すと書いている。しかし現代社会の疎外など考えなくても、すでに古代の歌謡は複雑な喩の技法を駆使している。場面の「転換」とは、すなわち作者の視点の移動でもあって、記述し物語りする言語の構造にかかわる。文学は、この構造をめぐる創造や批判や解体の作業を古くから綿々と続けてきたのである。歌論であり詩学であるような認識にとっての基本的な分析のカテゴリーを、この第Ⅲ章で提出しつつ、吉本は古代から現代にいたる文学言語の構造を総体として考える発想と分析のカテゴリーを提示していた。その発想は根本的で、遠い時空におよんでいて独創的であった。

作者は〈社会〉との動的な関係のなかに意識的、また無意識的に入りこんだり、その外におかれたりする。吉本は右の引用にもみえるように、作者の位置に対して相関的に文学の言語が構造を変

(14) 同、一〇二ページ。
(15) 同、一八二ページ。

えていくことを示唆している。そこでやはりヘーゲル、マルクスの影響なしには考えられない疎外論的な枠組みのなかで作者の主体を考察し、次章の「表現転移論」では、このことをめぐって鮮明な方法論を提案している。

作品は、たしかに作家をとりまき〈疎外する〉かもしれない社会の生産関係や階級意識の反映でもあり、それに対面する作家の自己における葛藤の表現でもあるかもしれない。しかし、ここではあくまで自己表出をめぐる創造の歴史として文学を読みとく、と吉本は宣言している。もちろん言語の自己表出は、作家の自己表現ではない。ほぼ同時代のフランスでは「作者の死」が問題になり、「作者とは何か」が問われ、作者とはただ書かれたテクストの一効果にすぎないと主張されるほどに、作品を作家の自己表現とみなす見方が解体していた。そのような見方をうながす作品（たとえばヌーヴォー・ロマン）が次々あらわれてきたことが、すでにそのような文学論を要請していた。しかし吉本は、疎外論的な視野も作家の心理表現という観点も棄ててしまうわけではない。後の『悲劇の解読』（一九七九年）では、むしろ作者の悲劇と悲劇的な作者をとりあげて彼の文芸批評を完成するのである。

したがって、吉本はけっして作家という主体の解体にむけて飛躍しようとしたわけではないし、けっして疎外論を棄ててしまったのではなかった（彼は「心的現象」さえも、やはり疎外としてとらえるだろう）。彼にとって作家はただ社会的疎外や葛藤を表現する存在ではない。むしろ作品自体の形式的構造からみた生成や変容を通じて、あくまで言語という不透明な重層的構造を変形することによって、作家がどういう抵抗や脱出や逃走の道をさぐったかを彼はみようとした。たとえばロラン・バルトの「エクリチュール」の考察は、これと無縁のものではなかった。書き言葉の濃密な厚さは、社会的表象から遠ざかりながら、むしろ意味を零にするその厚みそれ自体によって、社会に強くかかわるとバルトは考えたはずである（『エクリチュールの零度』一九五三年）。

3　表出史のアモルフな時間

第Ⅳ章「表現転移論」は明治から戦後にかけての日本の小説を「**自己表出としての言語という面**」から考察し、『言語にとって美とはなにか』でそれまで準備してきた分析の用語を本格的に応用し展開して、中核の章をなしている。

〔わたしがやろうとしているのは〕ひとつの作品から、作家の個性をとりのけ、環境や性格や生活をとりのけ、作品がうみ出された時代や社会をとりのけたうえで、作品の歴史を、その転移をかんがえることができるかということだ。いままで言語について考えてきたところでは、この一見すると不可能なようにみえる課題は、ただ文学作品を**自己表出としての言語という面**でとりあげるときだけ可能なことをおしえている。いわば、自己表出からみられた言語表現の全体を、**自己表出としての言語**から時間的にあつかうのだ。[16]

なぜならば、言語の表出の歴史は、自己表出としては連続的に転化しながら、指示表出としては時代や環境や個性や社会によっておびただしい変化をこうむるものだからだ。[17]

ここでは「自己表出」は、もはや言語の発生そのものにかかわる意識の励起、強度のことではない。発生における「自己表出」とは、たんに目の前にある対象とある声音が結びつくのではなく、声音が意識に刻印されて、その刻印自体が対象を指示しながら、繰り返し認知の対象となるほどの強度を得ている「表出」である。ところが、すでに近代文学の言語においてあらわれる「自己表出」とは、指示対象の屈折や重層からも由来するあらゆるコノテーションや喩からなる「厚み」や「含み」のようなもので、いつも定義をのがれていく定義不可能な表出なのである。

このようにはじめの発生的場面における定義から遠ざかった「自己表出」という用語が「表現転移論」の中心にくるのだが、吉本はまず明治から戦後にいたる日本語の小説がたどってきた変容史を書く彼自身のモチーフを説明しようとする。そしてルカーチを代表とするマルクス主義の文学理論を斥け、社会ではなく作品そのもの、自己表出そのものを中心におく分析方法を提案している。吉本の試みようとする作品史にとって、文学作品は「意識性への還元も、また逆に土台としての現実社会への還元をもゆるされない性格を獲得する」[18]。

そしてここで最初に彼が提出するのは「文学体」と「話体」という対立項なのだ。「書き言葉は自己表出につかえるようにすすみ、話し言葉は指示表出につかえるようにすすむ[19]という。江戸期の漢詩体や雅文は「文学体」にあたり、戯作文学は「話体」にあたるが、「文学体」はたんに「純文学」でも「文語」でもなく、話体もやはりけっして「大衆文学」や「口語」「語り物」に相当するわけではない。たとえば明治初期における円朝の『真景累ヶ淵』と東海散士『佳人之奇遇』というふたつの作品は、戯作調と漢詩体として「話体」と「文学体」に分類される。しかし吉本にとって重要なことはこのふたつの対比ではなく、むしろ「自己表出」としてみるときふたつの作品が「おなじ位相にたつ[20]」ということである。ふたつの作品の引用文を「対象のえらび方」という観点からみるなら、「まったく任意な、いいかえれば必然というよりもその場の習性と直観の働きによる」という点で同じ位相をもっている。「表現転移論」にとって重要なのは、知的にみえるかもしれない「文学体」と庶民的にみえるかもしれない「話体」にある抽象化をほどこし、「自己表出」の構造を観察することである。

吉本によれば、日本の近代小説は、坪内逍遥から二葉亭四迷にいたる「自己表出の位置」の変化

---

(16) 同、一九四ページ。
(17) 同、一九五ページ。
(18) 同、一九二ページ。
(19) 同、一九五ページ。
(20) 同、一九九―二〇〇ページ。

によって始まる。逍遥『当世書生気質』の「其服装をもて考ふれば、さまで良家の子息にもあらねど、さりとて地方とも思はれねば、府下のチィ官吏の子息でもあらん歟。とにかく女親のなき人とは、袴の裾から推測した、作者の傍観の独断なり」のような文には、円朝の語り物や『佳人之奇遇』に比べると、作者の意識において「表出位置」の分離がおき、「じぶんがじぶんの表出とむきあっているという意識」があらわれている。それはまた「人物や背景を作者の位置とはちがったところに描きだしたいという意図」のあらわれでもある。(21)

すでに吉本は、おもに短歌をあつかった前の章でも、「表出の位置」という問題を「転換」の問題として提出していた。「転換」とは表出の位置の転換であり、書き手が対象を選び描写するときには、必ずそれに対応した表出の位置がある。「表出」自体とその位置の分離は、近代小説の基本要件のようなものだと吉本は考えている。双葉亭四迷『浮雲』には、「それはさうと如何しようか知らん」というふうに、主人公の独白がいわば間接話法で、それも誰が発話したかは明示されないという意味では「自由間接話法」として登場する。「登場人物にこころのうちの独白をやらせるまでに表出の位置は分離された。作者の表出にたいする作者の距離が、いいかえれば対自的な距離が、はっきりと定着されている」。それはまた「文学の表現が話体から文学体へ美の体験の中心を抽出してゆく過程」でもあった。(22)

吉本がこれを書いた時代に、まだ日本ではミハイル・バフチンの思想はほとんど知られていないが、バフチンは作者の観点と主人公の観点とが分離して展開する対位法《ポリフォニー》をまさに小説の本質であり原理をなすものと考えて、文学理論に新しいモチーフを導入したのである。「自由間接話法」には、「彼は……と考えた」と述べる作者の思考と、登場人物の思考というふたつの表出（位置）が複合している。バフチンにとって最高にポリフォニックな小説家はドストエフスキーだったが、二葉亭四迷がロシア文学に親しんで日本小説のポリフォニー的構造を創造したことは偶然ではなかっただろう。

そして吉本にとって、二葉亭が達成したのはたんに尖端的な小説手法にとどまらない。彼が円朝的な「話体」から「文学体」の頂点までのぼりつめることができたのは、彼が「ふつうの生活人でありながら思想者でもあるという二重の意識をかかえて、かつてない鮮やかな輪廓で生きたはじめての知識人」(23)であったからだ。吉本はかつて「転向論」で問題にした文学者における尖端的知的意識と、生活人としての感性とのあいだの葛藤をいかに克服するかという問いを「表現転移論」でも問いつづけているのだ。それはまず小説における「表出位置」の構成として問われている。そしてあとでも人物の視点と作者の視点の「二重性の含み」や、作者の〈私〉と作中の〈私〉との距離として、この問題は考察される。そしてこのことは話体から文学体への「上昇」、文学体から話体への「下降」とともに問われることになる。

---

(21) 同、二〇二―二〇四ページ。
(22) 同、二〇六―二〇八ページ。
(23) 同、二〇九ページ。

吉本は「転移」のさまざまな傾向を次のように要約する。[24]

（1）話体から上昇して文学体にむかう
（2）文学体から下降して話体にはいる
（3）文学体からさらに上昇して未知な文学体へと自己表出を高める
（4）話体からさらに話体を拡散して通俗性におちいる
（5）話体として芸術性を保持しつづける

近代、現代、戦後という順序で進んでいく「表現転移論」は、このように要約された「傾向」をさらに複雑、微細に変異させていく「転移」を抽出している。こうして吉本がたくさんの作家と作品をとりあげながら、どのような図式を提出していたか抽出し列挙してみよう。[25]

（a）文学体から出発して下降的に話体の上昇過程と融和する（泉鏡花）
（b）文学体から話体へ、話体から文学体への通路が飽和に達する（泉鏡花・広津柳浪）
（c）話体が文学体への上昇をやめ、話体として横すべりに安定し通俗化する（徳富蘆花・菊地幽芳）
（d）表出主体が空間的な構造をもつ（二葉亭による表出位置の分離に続くもの）
（e）自己表出の進展をはばまれた文学言語が、指示表出として多様化し拡張される（明治末期・島崎藤村）
（f）文学体と話体が、より高度な段階で分離する（明治末期）

（g）話体を通じて観念を生活の水準にまで引き下げる（森鷗外）
（h）話体への徹底した解体（谷崎潤一郎）
（i）日常的事実とそのメタフィジカルな意味が、話体と文学体の頂点の融合としてあらわれる（夏目漱石、とりわけ『明暗』）
（j）表出対象を等質化、相対化して、現実社会における〈私〉の解体を表現世界で補償する（大正末期）
（k）言語の自己表出意識の励起（横光利一）
（l）新しい文学体の尖端を保持する（同）
（m）表出位置の意識があいまいなままに話体が風化し解体する（山本有三）
（n）積極的な意味で構成的な話体（太宰治）
（o）文学体の横すべりと拡散（昭和十年代）
（p）表現意識の〈時間〉の喪失（戦後）
（q）文学体を倒置した話体（伊藤整、堀辰雄、中野重治）
（r）文学体の尖端に対応する話体（開高健、深沢七郎、島尾敏雄）

（24）同、二二二ページ参照。
（25）同、第Ⅳ章「表現転移論」第Ⅰ部「近代表出史論（Ⅰ）」、第Ⅱ部「近代表出史論（Ⅱ）」、第Ⅲ部「現代表出史論」、第Ⅳ部「戦後表出史論」参照。

このリストはけっして網羅的なものではない。とにかく社会史に対応する文学史ではなく、あくまで文学言語自体の歴史的変容をにらんで、とりわけ話体と文学体のあいだの振動として、吉本は作品を解読した。そのあいだで表出主体の位置や構造に、あるいは自己表出と指示表出の交錯に、そして表現意識の〈時間〉に注意をむけている。傍点を付したのは、話体と文学体に直接かかわらない分析項目である。

話体も文学体も、文学言語の自己表出という面で問題化する、とまず吉本は「表現転移論」の冒頭で述べているが、一方で「**文学体**は言語の自己表出をおしあげるようにうつってゆき、**話体**は指示表出をひろげ、さまざまに多様化してうつってゆく[26]」と書いている。原理的な図式化をめざしているが、日本の近現代文学の作品の多様性と変化は、すでにあまりにも複雑であり、しかもこの複雑さに対してあまりにも敏感な批評家は、けっして図式化に十分成功してはいない。しかし問題は、この作業によって新たに見えてきたことは何かである。

たとえば森鷗外について「いちどかたいコンクリートのような**話体**にまで下降し、そこに身をよせた鷗外が、独自の方法で**文学体**のほうへ上昇しようとする[27]」などと吉本は書いている。話体は通俗的な生活感覚に半分身をひたしているようだが、それは「コンクリートのように」硬質なものとしてあらわれることもあるという。吉本が高く評価する太宰治は、「人間と人間との断絶をつきつめた思想を、話体、つまり他者に語るスタイルで表現する」という「**絶対的矛盾**[28]」を生きた、とも書いている。「話体」は、詩人たちに転向をせまったあの「感性的秩序」のように、何か底知れず強固で硬質なものでもありうるのだ。

そして一方で、拡大する資本制と戦後の混沌のなかで「指示表出」は無差別に微細化され拡散していくが、一方では異様に励起され拡張される「自己表出」を原動力とする作品があらわれる。横光利一（新感覚派）には、すでにそのような兆候がはっきりあらわれていた。戦後の小説は「〈私〉の解体」にともなって自己表出を激しく流動化し振動させるが、それは〈時間〉の統覚をゆさぶるのだ。たしかに「戦後表出史論」（第Ⅳ章第Ⅳ部）には「時間」という新たな問題があらわれている。それはまず「表現意識の〈時間〉の喪失」[29]と形容されているが、すなわち時間の規定が希薄になり、別の時間性が文学にあらわれ、新しい創作をうながしたということでもある。現実意識が空虚になればなるほど、「想像的な時空をアモルフにどこまでも拡大する方法」[30]が戦後文学の重要な一特性になる。吉本によれば、そもそも自己表出は、時間意識と本質的なかかわりをもっている。

たしかに表出の意識の〈時間〉性は、表出の意識の〈空間〉性とおなじように、それ自体が矛

---

(26) 同、三一一ページ。
(27) 同、二六四ページ。
(28) 同、三六三ページ。
(29) 同、三二九ページ。
(30) 同、三四三ページ。

盾だといっていい。その〈時間〉は、生理的〈時間〉や自然的〈時間〉をまったくふりきったとき、ほんとの〈時間〉を手にいれる。表出の〈空間〉が、自然的な〈空間〉や対象の〈空間〉性をまったくふりきったとき、完全な〈空間〉がかんがえられるとおなじように。

もし表出の意識が〈時間〉の統覚をうしなえば、いままで〈意味〉の方向に流れていた時間は、〈意味〉をこえて表出空間のほうへ氾濫してゆくはずだ。いままで河川を流れていた水が、流れをゆるめられるかわりに、河川の水脈をこえて氾濫するように。[31]

「指示表出」が現実の対象にむかい、そのかぎりで空間（延長）にかかわるとすれば、「自己表出」は表現意識の厚みそれ自体の内包にかかわり、時間に密着することになる。時間の喪失とは安定した空間に対応する時間の統覚が失われることであり、むしろ「時間」それ自体が「氾濫する」ことでもあるにちがいない。生理的時間とも自然的時間とも異なる「意識の時間」を定義しながら、吉本は〈戦後文学〉の時間論のなかに入っていくのだ。「意識の時間」を襲う喪失とは、社会や共同体の安定した表象から脱落し疎外された意識のなかで時間を規定する反復や単位や前後関係が解体し、時間が「アモルフ」になっていくことである。すでに漱石の『道草』を分析しながら、吉本は「日常の時間」を逸脱する「根源の時間」[32]について語っていた。時間をめぐるそういう変容のなかで、吉本が展開してきた「話体」と「文学体」の弁証法もしだいに輪郭をアモルフにしていくようだ。

明治のはじめの作家たちにおいては、知識人の意識に「口語」という具体的な形をとった「話体」が衝突し、口語との緊張関係のなかで、それをバネにして複雑な自意識の構造に対応する表出構造がつくりだされた。その後も作家たちは、文学体が革新され定着するたびに新たに話体に対面することになった。こうしてふたつの言語空間のあいだで引き裂かれながら、その葛藤自体が創作のモチーフになりえた。太宰治こそ、吉本にとってはその点で典型的な作家だった。

そしてこの「転移論」は、かつて転向論で問題にした大衆と知識人、大衆のなかの知識人、知識人のなかの大衆という問題に密着した史的分析でもあった。文学者の営為とは、社会意識と表現の意識のあいだでますます深まっていく亀裂や葛藤や疎外を、とりわけ自己表出における自立的な集中によって乗りこえることだった。吉本にとって作家の「アンガージュマン」（社会参加）とは、「戦後社会の息ぐるしいまでの安定秩序とひろがり[33]」にとりかこまれて追いつめられた尖端や絶壁で、もはや自己表出を尖鋭に突きつめることしかないようだった。

転向論、関係論から思想的批評を開始した詩人吉本隆明にとって、もともと詩的実践は、社会的歴史的な地平と濃密な緊張関係にあった。しかし文学作品は、いわば「指示表出」として社会的現実を反映するとしても、「自己表出」としては直接的関係をもちえない。文学作品が言語一般に対

（31）同、三三二―三三三ページ。
（32）同、二七三ページ。
（33）同、三八四ページ。

して独自にもつ価値とは、むしろ自己表出の厚み（含み）にかかっている。そして文学の言語は、社会的主題をあつかわない場合も、自己表出の重層を通じて社会的現実に接し、これに作用され反作用するのだ。「表現転移論」は、文学テクストに直接反映する社会的歴史的条件や階級意識から文学を読みこもうとする社会主義リアリズムの発想のまったく外に出て、文学作品の内部と外部がいかに関連し、作用し反作用するかについて鮮明な認識をつくりだした。そこには表出の位置や時間の意識のように、他にもたくさんの問いが絡んでいたが、吉本はたしかに彼にとって中心のもくろみを達成したのである。

4　構成論の焦点

「いままで、言語そのものからじっさいの文学作品へとりつくために必要なもんだいは、おおよそとりあげてきた(34)」と書く吉本は、「表現転移論」において文学言語論の核心であるべき課題をほぼ言い尽くしたようにみえた。そのように告げながらも、『言語にとって美とはなにか』はまだ終わらず、いくつか他の課題を残していた。第V章「構成論」で吉本は、詩と物語と劇について、それらを「構成」という観点から分析する。たとえば芭蕉の俳句と西鶴の小説を比べるとき、西鶴のほうにある重さとは何かと問うならば、たちまち人は「構成」というカテゴリーに出会うことになる、と吉本は説明している。それまで詩だけでなく、小説（散文）についても、とりわけそれを「自己表出」としてあつかってきた「表現転移論」の分析は、小説において物語がどのように構成されているか、ほとんど問うことがなかった。おもに自己表出に光をあてるその分析はむしろ文体論であり、文体としての特徴を凝縮している文章を引用して論じれば十分で、けっして小説全体の物語的構成を論じる必要がなかった。

しかし「構成論」として吉本が試みたのはけっして「物語の構成」をめぐる考察ではなく、西洋でロシア・フォルマリズムからテクスト理論にいたるまで追究されてきた物語論（ナラトロジー）とはほど遠いものだった。「構成」とは「指示表出の展開、いいかえれば時代的空間の拡がり」のことだと吉本は説明している。また「構成論」は「詩と散文と劇の成立点で**構成**の意味とそのいろいろな類型をはっきりさせることだ」と書いている。[35]

私は『言語にとって美とはなにか』の前半を読解しながら、「マチウ書試論」や「転向論」に内在していた問いがいかに自己表出をめぐる文学言語の構造論に連鎖していったかを確かめてきたと思う。「自己表出」を中心におく読解に偏してきたといえないこともないそれまでの思索に対して、「構成論」はむしろ「指示表出」の構成を論じ、前半の論を補完しようとするものだったにちがいない。しかし、いくつか興味深い論点が含まれているにせよ、それらの論点は集中せずに拡散して

（34）吉本隆明『定本 言語にとって美とはなにかII』角川ソフィア文庫、二〇〇一年、一〇ページ。
（35）同、一二ページ。

いる。そして拡散した論点もまた浮遊する種子のようにして別の論考の胚珠になることがあるので、けっしてたんなる思弁にとどまるものではないと思う。そこには数々の本質的な指摘が整理されないまま、いたるところに見え隠れする印象があるのだ。

まず日本語の詩歌の発生を論じながら、ひととおりさまざまな説を検討し、そのほとんどを批判して吉本は、あいかわらず弁証法的な語彙で発生の過程を定義する。「祭式の行為と現実の行為とのはじめの相異は、原始人たちがその祭式の行為のなかに、自然と人間との関係と、人間のじぶんじしんとの関係を再現させながら、同時にそのなかに人間にたいする自然の、あるいはじぶんにたいするじぶんじしんの対立をうち消し、補償しようという意図をふくませたことにあらわれた」[36]。このような行為が呪術と呼ばれたり、戦いや狩りや労働の再演とみなされたりしようと重要なのは、人間と自然、人間と人間、人間と自己のあいだの対立や矛盾が祭式行為を要請し、やがてそれを詩的芸術的行為へと成長させていくということだ。このような対立関係が、ついには詩的なものの「構成」に変容していくと吉本はいう。記紀歌謡のうち古層に属するものが「問答対」[37]のような「構成」として発生したことも、吉本にとってはこの自分と他者に対する「矛盾」の弁証法的展開なのだ。

こういう発想を裏づける業績として、吉本はアカデミックな国文学者の主張よりも、折口信夫、柳田國男の直観のほうに依拠している。「記紀歌謡という文字でかかれた、最古の詩は、詩の発生の起源を、ほとんどなにほども保存しているはずがない」[38]と吉本は書いている。たしかに文字に残された最古の詩と、起源の詩とのあいだには、果てしない時間が流れているにちがいない。そこに日本の詩と美学の原型をみようとしても、それは果てしない時間のなかで、まだ日本も日本語もない世界に蓄積され変容してきたものの断片であり破片にすぎない。記紀歌謡以前に対して「歴史感覚」をもたなかった本居宣長よりも、賀茂真淵のほうにそのような「歴史感覚」をみた吉本は、後に『初期歌謡論』(一九七七年)でこの「果てしない時間」を本格的に遡及することになる。それは『言語にとって美とはなにか』と『共同幻想論』の探求をふまえ、言語と国家の発生に対して遡及する方法を鍛えあげた古代論のめざましい成果となるのだ。

「構成論」は、ついで日本の物語文学を対象にして、物語論を展開することになるが、ここでもけっして物語の形式論や記号論を展開するのではなく、あくまで引き裂かれる意識の弁証法の展開として物語文学の出現と変容を論じるだけだ。吉本は物語文学の発生を、抒情詩や叙事詩のような「詩的構成」のあとの段階に位置づけている。これは折口の考え方と一致しないところだ。折口にとって物語の発生は「歌の発祥と同時にかんがえられる悠遠の起源からくだった口承」[39]にかかわるものであるが、吉本にとって、詩的言語がある質的飛躍をとげなければ、物語言語はあらわれない

(36) 同、三五ページ。
(37) 同、六一ページ以下参照。
(38) 同、四九ページ。
(39) 同、一〇一ページ。

からである。

物語言語は、指示表出の底辺である〈仮構〉線にまで〈飛躍〉することで、詩とちがうひとつの特質を手に入れた。それは、仮構のうえで現実とにた巡遊の回路を手にいれたということだ。〔…〕複数の登場人物が、あたかも現実の社会のなかでのように振舞い、ほかの人物と関係をもち、生活するといった**構成**をひろげることができるようになったのだ。(40)

吉本は、ジャンルとしての「物語文学」の登場を詩よりも高度な構成として分析しようとするが、語りは、それが仮構であれ現実の報告であれ、いたるところに古くからある。記紀歌謡のどんな断片にも、たとえば「高台にワナをはって鴫のかかるのを待った」というような最小の語りが含まれているのだ。最小限の指示表出の編成が語りを構成しうるのである。『古事記』も『日本書紀』さえもすでに高度な物語文学という要素をもっているといえる。しかし吉本が物語的言語として重視するのは、あくまで詩歌の時代のあとにあらわれた「物語文学」であり、それは「現実の社会での人間と人間のあいだの関係の煉獄(41)」を、そのような関係の「構成」を表出するものにほかならなかった。

ヘーゲル、マルクスの思考に影響を受けた吉本の分析はおおむね進化論的で、指示表出と自己表出の〈弁証法〉が〈高度化〉するところに表出史の進化をみようとする点で一貫していた。しかし、いくつかの異なる系列が断絶したり、逆行したり、反復されたりするような別の時間構造に照らしてみるべき問題もあったにちがいない。文学言語における語りの問題は、記録された神話以前の口承の世界にもすでに高度な形であったかもしれないのだ。神話が語られる世界で、民衆がありとあらゆる物語的おしゃべりをしていないなどとは考えられない。そして意味の次元にはけっしておさまらない像（イメージ）や、音韻をこえて音楽に隣接するような言語の位相もあったにちがいない。音楽や身ぶりのように、言語とは異なる記号の次元はすでに言語の原始的次元にあったにちがいないのだ。

吉本は「構成論」の第三のパートで「演劇」をあつかっているが、それはかなり奇妙な演劇論になっている。詩や物語文学が登場したあとの〈戯曲〉をもとにした能・狂言から浄瑠璃にいたる歴史段階を問題にしながら、新しい「言語帯」としての演劇について吉本は論じているのだ。そこで演劇とは何かについて語ったさまざまな文献を引用しながら、それらがことごとく的を得ていないことを批難して始めるしかなかった。吉本はそれらの言葉が「劇的言語帯の成立」を前提としていないことを批判するが、(42) 多くの演劇人にとっては、演劇は言語であるとともに、非言語の次元をもっている。吉本の言語論は（それが彼の徹底性のしるしでもあるのだが）非言語の次元について、言語

(40) 同、一〇二ページ。
(41) 同、一一五ページ。
(42) 同、一三四ページ。

を逸脱する記号の次元について、声や叫び、身体、身ぶりについて語ることができないのだ。

折口信夫の想像力に富んだ文学の起源論的探求をしばしば引用してきた吉本は、ここでも折口の『日本芸能史ノート』を高く評価しながら援用している。その折口は劇の発生源として、古来の舞曲や、「田遊」（田植え遊び）や田楽、さらに念仏踊りを考察している。しかしここでも吉本にとって、田楽が猿楽となり能・狂言になるには、ただ舞曲として発展するだけでなく、言語としてある弁証法的飛躍をとげることが必要なのだ。

物語るという次元で登場する人物たちが、劇の作者たちの観念のなかでは、完全に生きた人間の輪郭をたもったイメージでじぶんで振舞い、じぶんでほかの人物と関係する。描写されているから人間の輪郭があるのではなく、行動している人物のイメージがほんとうの輪郭をもって振舞うから、物語の次元が超えられている。これが劇が成り立つのにかならずなくてはならぬ条件であった。(43)

こうして演劇の成立をあくまでも言語表現自体の歴史的弁証法の展開として考察する演劇論を、最後には近松の浄瑠璃にいたるまで続けて、吉本は「構成論」を完結することになる。

いままで劇が**構成**として完結した世界となるために、なにが条件になるかかんがえてきた。そのひとつは、社会から法的にも財からもらち外におかれたものがつくる特殊な社会が、逆に観念のうえで昇華した美をえがくまでになった、そういうぎりぎりの矛盾が成り立ったとき、その世界とむすびつくことで劇は完成されたすがたをもったということだ。また、べつのひとつは、人間と人間との関係で倫理として卑小なことが、じつはたいせつな人間の存在の条件だという思想とむすびついたとき劇は理念として完結されたということだ[44]。

ここで「特殊な社会」とは遊郭のことであり、遊女と下層町民の世界である。歌舞伎や浄瑠璃の劇的本質は、出雲阿国の演出法とも人形の身ぶりとも関係なく、「町民社会でこの卑小な倫理が普遍的だということ[45]」を描きつくすことであり、そのような表現として完成された近松の浄瑠璃は、演じられることを想定しなくても「劇として読むことができる[46]」。吉本の演劇論は、もっぱら演劇を言語表現の古代以来の「構成」における進化の果てに位置づけ、それを完結した近松を評価して終わるのだ。ここでも吉本自身の問題意識をつらぬいたこの〈演劇論〉は、江戸の浄瑠璃が日本文学のそれまでの言語構造の蓄積と変容に照らしてどのような意味あいをもち、社会歴史的にはどう

(43) 同、一五六ページ。
(44) 同、二二六ページ。
(45) 同、二一二ページ。
(46) 同、二〇九ページ。

いう意識の矛盾を表現していたかを読もうとしたという点で貴重な示唆を含んでいる。しかし演劇をあくまで文学とみなし、演劇に言語表現の弁証法しかみようとしないという点では、演劇のもつ非言語的な多層の要素をまったく排除する考察だった。『言語にとって美とはなにか』はこのあと第Ⅵ章「内容と形式」、第Ⅶ章「立場」をもって完結する。この二章はいわば理論的補足を含む結論とでもいうべきもので、多くの興味深い考察が散見されるが、いま私の読解はそこまで踏みこまない。

あらためてこの書物を読解してきて、これ以降私が問題にしたいことにつながる点を要約してみよう。

吉本は「関係」の強いる倫理や転向という初期の評論から提出してきた思想的問題を通じて〈言語とは何か〉という問いに出会ったのである。それは、詩人として言語とはどんなものかよく知りたいというような要求をはるかにこえて、彼独自の「戦後」という歴史的モチーフに根ざした問い方だった。文学作品は、言語の指示作用を通じて社会や歴史の状況ばかりか倫理的価値まで指示し、「指示表出」によって状況にかかわろうとする。しかし文学はまた「自己表出」という別の面で、別の厚みを通じてもこの世界とかかわりをもつのである。そして指示表出と自己表出の相互作用と交錯は、さまざまに別のカテゴリーを生み出す。喩、像、転換、構成、等々である。吉本はこのような作用とその変容を、意識と社会の矛盾・対立の弁証法の展開のなかにおいた。社会からも歴史からもまったく孤立して無差別に敏感な表出を散逸させるような文体も、逆に歴史社会からの疎外に対する対応であり反響でもあった。
たとえば「革命の味方でなければならない」、「労働者（の階級意識）を代表しなければならない」というような、芸術をめぐる狭隘な党派的倫理（スターリニズム）は、一貫して吉本にとって敵だった。文学はそういう倫理からはまったく〈自由〉でなければならず、それを保証するのは自己表出の創造である。しかし吉本はけっして〈自由〉の思想などめざさなかった。どんなに「高度」で尖端的な自己表出の創造も、意識と社会の弁証法のなかで、それに強いられるようにして実践される。もっともすぐれた作品は、もっとも引き裂かれた作品である。知的尖端と大衆的感性のあいだで、意識的創造と「卑小な倫理」とのあいだで、あるいは「文学体」と「話体」のあいだで引き裂かれる。この「弁証法」のなかに入ってこない課題や創造に関して、吉本の本質的、原理的、体系的であろうとする倫理は相当に排他的であった。たとえば言語に隣接するイメージ（像）や、音や声、身体と身ぶりのようなカテゴリーも、吉本は自己表出と指示表出からなる言語構造と意識の弁証法に強引に収拾しようとした。収拾できなければ排除することになった。

同時代の〈現代詩〉について「様式的にある飽和点にしゃにむに駈せのぼり、変質し横溢しようとしている(47)」と吉本は書いた。もちろん詩だけではなく、現代の文学から芸術にわたって、表現の意識には大きな変化があらわれた。それはしばしば〈崩壊〉や〈拡散〉のようにみえた。八〇年以

（47）吉本隆明『戦後詩史論 新版』思潮社、二〇〇五年、二一二ページ。

降になると、吉本の原理論的体系的な展開は一段落し、それをふまえ闊達な批評活動を増殖させていくことになる。吉本は原理において少しも譲ったわけではなかったが、彼自身もまた〈崩壊〉や〈拡散〉の現象に直面する批評を書かなければならず、別の仕方で問いをたてざるをえなかった。

それにしても、吉本にとってまだいくつか原理論的に考察しておかなければならない問いが残っていた。あの「関係の絶対性」と定義したような関係はいったいどのような形成物なのか。それはまさに「大衆」の存在にもかかわるはずだが、「大衆」を形成する共同性とその心性はどのように生成されるのか。マルクスのいうような生産様式にかかわる階級（プロレタリアート）ではなく、むしろ「幻想」として心的次元で構成される集団性があるのではないか、という問いである。じつは吉本の言語論にとっても、けっして「自己表出」が最終概念ではなかったのだ。「自己表出」としての創造は、あくまで社会のなかで矛盾に引き裂かれる個人の意識・無意識の心性がおこなうもので、それは集団と個人の弁証法としての、ある心理学なしには考えられないものなのだ。

B　共同性、新たな問い方

1　古い日本をめぐる新しい問い

関係、転向、大衆についての問いに直面しながら詩的実践と文芸批評を続けた初期の吉本が、文学の言語の「厚み」の構造にむかい体系的認識をうちたてようとしたことには強い必然性があった。そして『言語にとって美とはなにか』の試みによってはまだ解明しえない問題が、関係論、転向論、大衆論のなかにはひそんでいた。共同性、共同体が個人の精神にどのようにおしよせるか、およそ精神というものがいかに集団のなかで形成されるか、という問いは避けることのできないものだった。それにはマルクス主義によっても、吉本の知る哲学によっても、既成の社会学や心理学によっても解が与えられなかった。吉本の問いと問い方はそれほどユニークだったということである。『共同幻想論』（一九六八年）の序に彼はこう書いている。

言語の表現としての芸術という視点から文学とはなにかについて体系的なかんがえをおしすめてゆく過程で、わたしはこの試みには空洞があるのをいつも感じていた。ひとつは表現された言語のこちらがわで表現した主体はいったいどんな心的な構造をもっているのかという問題である。もうひとつは、いずれにせよ、言語を表現するものは、そのつどひとりの個体であるが、このひとりの個体という位相は、人間がこの世界でとりうる態度のうちどう位置づけられるべきだろうか、人間はひとりの個体という以外にどんな態度をとりうるものか、そしてひとりの個体という態度は、それ以外の態度とのあいだにどんな関係をもつのか、といった問題である。(1)

戦争責任論と切り離せなかった吉本の文学論は、『言語にとって美とはなにか』(一九六五年)では、社会的な圧力が文学言語の意味的側面(指示表出)におよぶのではなく言語自体の厚み(自己表出)におよぶことを中心の課題としていた。こうして彼は文学言語の構造的ねじれを解明することによって、戦争責任論よりはるかに普遍的な視野のなかに政治的思考を開いていったといえよう。しかし「関係」の強制力や「大衆」を問うには、やがて文学から離れて「共同性」を問い、「共同性」を決定する支配の構造を考えなければならなかった。『共同幻想論』の中心の問いとは〈国家とは何か〉にほかならなかった。しかしそれは日本のナショナリズムを問題にしたときと同じく、いきなり普遍的な形で問われたわけではない。普遍性をめざすにしても、まず問いは日本の国家と天皇制にむけられることになった。しかも国家と天皇制をできるかぎり起源にさかのぼり、「共同幻想」

の形態として解明しようとした。これは吉本独自の選択であり、ここにも強い必然性があった。そもそも国家とは何よりもまず具体的な強制力であり、そのための制度であり装置にほかならない。しかし吉本にとって、国家はただ支配階級の強制や暴力の装置として解明しうるような対象ではなかった。国家とは、ヘーゲルのいうのとは少しちがう意味で〈精神〉であった。少なくとも〈精神〉に憑き、あるいは浸透し、精神にとって精神化された対象になりうるものと吉本はみなした。たとえばニーチェにとっては、宗教であれ道徳であれ国家であれ、それらの真の実体は暴力や強制力（「力への意志」）であり、それらは〈力〉を擬装する仮象にすぎなかった。力の関係を心理的なカテゴリーに変換すること自体も、「力への意志」に発する行為にすぎない。そういうニーチェの権力論を知らないわけではなかったが、いきなりそのような思想的地平に吉本は立つことができなかった。まさに精神化された国家とともにあった近代を生きてきた日本人の国家像にたちむかうことを、さしあたって課題にしたからである。吉本はそのように〈精神化された国家〉の起源の形を思考しようとして、とりわけ民俗譚と神話を考察し、民俗学や歴史学や神話学の文献に挑むことになった。すでに試みた詩学や文学論からも遠く飛躍し、アマチュア研究家として大胆な冒険にのりだしたことになる。

先の引用に続いて吉本は、「共同幻想というのは、おおざっぱにいえば個体としての人間の心的

（1）吉本隆明『改訂新版 共同幻想論』角川ソフィア文庫、一九八二年、一六ページ。

な世界と心的な世界がつくりだした以外のすべての観念世界を意味している。いいかえれば人間が個体としてではなく、なんらかの共同性としてこの世界と関係する観念の在り方のことを指している」と書いている。これでは「幻想」とは、「観念」とか「心」とかという言葉を置きかえたということ以上には何も意味していないようだ。

個体の「幻想」は言語という「幻想」も含むと彼はいう。個体の「幻想」と共同性の「幻想」のあいだには性と家族の次元である「対幻想」があり、この三つで人間の「幻想」は尽くされる。それらを次々解明していくことで幻想領域の全体が包括的に把握されることになる。[2] いかにもそれは壮大な思想的企画だった。そういう発想から吉本の思索は多岐にわたって増殖し、膨大な領域に触手をひろげていった。しかし、いまふりかえるとけっして体系的な全体といったものを構成してはいない。これまでたどってきたかぎりでも、その発想の強靭さ、鋭敏さ、徹底性にあらためて私は感嘆しているが、壮大な包括的体系（トータル・セオリー）にむかおうとした意志は、まだマルクスやヘーゲルあるいはサルトルをそのような思想として読むことのできた時代の余韻にすぎず、いまなお共有しうるものではない。

かつて吉本の読者の多くもそのような〈体系〉をまだ夢見ることができた。しかしいま私は、むしろ吉本の発想が壮大な幻想論を提案しながら何を批判し、何を問題の焦点としていたかを読み改め、『共同幻想論』が国家論や神話論に対してどんな論点を具体的に提出していたかを読みたいと思う。結果としてそれが提出したのは壮大な体系などではなく、むしろ考古学、歴史学、人類学、民族学、民俗学などの通念や短絡的認識に対するある根本的モチーフに発する批判だった。そこには、たしかにまだ思考されていないことがあったのである。とりわけ天皇制の起源について、日本列島における国家装置の起源的形態について。吉本が提出したのは、けっしてそれらに関する決定的な異説でも正解でもなく、それらに対する新しい問い方だった。

2　入眠から制度へ

『共同幻想論』は「禁制論」から始まり、フロイトがいかに「タブー」を問題にしたかにふれている。こうして近親相姦の禁止がいかに母系制度の発生につながったかを問うのである。フロイトは女性をめぐる兄弟同士の対立から「父殺し」そして母系制の成立へと一直線に結びつけるが、吉本にとって近親相姦の禁止は「対なる幻想」の次元にあり、母系制は「共同幻想」として、それとは異なる次元にある。そして個々人の「幻想」はさらに異なる次元を構成し、「共同幻想」に対して逆立するという。ここでも個体の幻想が心理的であるのに対して、共同幻想は「反心理的」であるというにとどまり、あいかわらずその「逆立」において、何がどのように逆転するのか、吉本は詳らかにしていない。とにかくこのように三つの幻想の次元を分離することを、とりわけ彼は強調し

（2）同、二五ページ。

た。分離とはけっして孤立でなく、一方で複雑な連結や連関とともにあるにちがいないが、吉本はとりわけ分離のほうを強調しつづけた。個人も家族（あるいは性）としての人間も、社会と同じ平面にはない。これは彼の〈自立〉の思想とも文学観とも深い関係があった。

もうひとつ吉本が提案したのは、禁制（タブー）＝黙契ではないということだ。「共同の禁制は制度から転移したもので、そのなかの個人は〈幻想〉の伝染病にかかるのだが、黙契はすでに伝染病にかかったものの共同的な合意としてあらわれてくる。〔…〕知識人も大衆もいちばん怖れるのは共同的な禁制からの自立である。この怖れは黙契の体系である生活共同体からの自立の怖れと、じぶんの意識のなかで区別できていない(3)」

そこで「〈禁制〉と〈黙契〉とがからまったまま混融している状態」をさぐるのに格好の文献として選ばれたのは、柳田國男の編んだ民俗譚『遠野物語』であった。『共同幻想論』の約半分にあたる「禁制論」「憑人論」「巫覡論」「他界論」は、『遠野物語』にあらわれたさまざまな予兆や幻覚、入眠感覚や発作の現象を、まさに共同幻想の表出として解釈しようとしている。幻覚や予兆を見る人物は（現代からみれば）しばしば精神異常の症例に似た状態を呈するが、そのような状態を自分で統御しうるときは共同体において巫覡の役割を演じることができる。たとえ現在の精神病理学にとってはたんなる症例的状態であっても、それらの多くが遠野の村落では共同幻想に憑かれ、共同幻想を表現するという意味をもった。吉本はこれらの分析に「デジャヴュ」（既視）や「ドッペルゲンガー」（離人症）について語った大岡昇平や芥川龍之介の作品の引用をちりばめた。それは狂気や幻覚そして近親相姦のタブーについて、人類学から文学、哲学まで視野に入れて語る新しい批評的思想的試みでもあった。どこまで体系的理論的な構築が達成されたかということよりも、『共同幻想論』の新しさはまず吉本の開いたそういう視野であり、関連づけ（アレンジメント）だった。

「他界論」の章は次のように結ばれていた。

真に〈他界〉が消滅するためには、共同幻想の呪力が、自己幻想と対幻想のなかで心的に追放されなければならない。

そして共同幻想が自己幻想と対幻想のなかで追放されることは、共同幻想の〈彼岸〉に描かれる共同幻想が死滅することを意味している。共同幻想が原始宗教的な仮象であらわれても、現在のように制度的あるいはイデオロギー的な仮象であらわれても、共同幻想の〈彼岸〉に描かれる共同幻想が、すべて消滅せねばならぬという課題は、共同幻想自体が消滅しなければならぬという課題といっしょに、現在でもなお、人間の存在にとってラジカルな本質的課題である。(4)

〈他界〉とは、もちろん死をめぐる〈幻想〉なのである。吉本はハイデガーを引用しながら、存在

（3）同、四八ページ。
（4）同、一三五ページ。

論のほうに歩むのではなく、ただ死の共同性について考えている。死が体験不可能であるかぎり（体験が可能なためには生きていなければならない）死の実体はあくまで空虚なままで、ただ死者をとりまく共同体の作為や想像の水準にあるしかない。要するに死の〈実体〉とは端的に「共同幻想」であり、この幻想が恐怖や不安や苦しみや救済（往生）などとして〈体験〉されるだけだ。この共同幻想が宗教的観念と一体になるなら、〈死後〉そして〈他界〉のイメージとして実体化されることになる。そして国家や天皇制も「共同幻想」そのものとみなされ、あるいはその「彼岸」とみなされるが、もちろん死、他界、国家は同じ種類の共同幻想ではない。あらゆる「共同幻想の消滅」という「ラジカルな課題」について吉本は先の部分で性急に語っているが、たとえ共同幻想がなくなることがあるにしても、いかなる共同性をいかに生きるか、他者との共生や葛藤や友愛の問題はけっして消滅するわけではない。

それにしても『遠野物語』にあらわれる幻想や幻覚を読解することにあてられた『共同幻想論』の前半は、まだ国家装置に捕獲された形跡があまり見えない共同体にとっての禁忌や他界をあつかっている。これは人類学が対象としたアフリカやラテン・アメリカの、小規模の先住民の集落に見いだされる象徴的世界に近いのである。吉本が大規模な農耕や帝国的組織をもつアジア的段階に入った〈日本〉の共同幻想を問題にし、国家の起源的形態を考察するのは、『古事記』の読解を始める「祭儀論」の章からである。

そこでまず吉本が日本の古代国家の構成を推論しつつ問題にしているのは、現在まで能登に伝わっている〈農耕祭儀〉の一例である。それは「田の神」を迎え、冬のあいだ家のなかにとどまらせ、ついで送り出す祭儀なのだ。「田の神」をもてなす料理は二人分用意され、そこには「ハチメ」という魚を二匹腹合わせにしたものと大根が欠かせない。「田の神」（穀神）は夫婦であり、腹を合わせた魚と二股の大根は性行為の象徴であると吉本はいう。「だからあくまでも対幻想の現実的な基盤である〈家〉と、その所有（あるいは耕作）田のあいだのかかわりとして祭儀の性格が決定されている。ここには対幻想があきらかに、農耕共同体の共同幻想にたいして、独立した独自な位相をもっていることが象徴されている[5]」

しかし天皇家でおこなわれてきた「世襲大嘗祭」では、このような農耕祭儀は空間・時間においてはるかに抽象化された。「この〈抽象化〉によって、祭儀は穀物の生成をねがうという当初の目的をうしなって、どんな有効な擬定行為の意味ももたないかわりに、共同規範としての性格を獲得してゆくのである[6]」。大嘗祭では、田の神を迎える儀式と送る儀式は、一夜のうちに悠紀殿と主基殿で繰り返されるふたつの儀式に変えられる。天皇は祭儀の〈司祭〉であり、同時に〈神〉であり、訪れた神を迎える〈異性の〉神でもあり、儀式の場所には寝具が敷かれている。このような擬似的性行為によって、世襲大嘗祭は「対幻想を〈最高〉の共同幻想と同致させ、天皇がじぶん自身の人

（5） 同、一四八ページ。
（6） 同、一五一ページ。

身に、世襲的な規範力を導入しようとする模擬行為を意味する」(7)と吉本は書いている。つまり農耕祭儀を原型にして、自然の生産力を受託するものとして天皇の政治的支配権を保証するだけでは不十分だった。独自な位相をもつはずの「対幻想」が、それでも共同幻想と「同致される」ことによって、「大嘗祭」は国家権力の祭儀として完成されると吉本は言いたかった。

3　発生過程の幻想

吉本は家族制度の起源的な形態として母系制を想定し、これをやはり共同幻想と対幻想の「同致」と考えている。「〈母系〉制はただなんらかの理由で、部落内の男・女の〈対なる幻想〉が共同幻想と同致しえたときにだけ成立するといいえるだけである」(8)。夫婦のような対の幻想は対として閉じていて、共同幻想にまで拡張されることはむずかしい。そこでむしろ兄弟と姉妹のあいだの〈対幻想〉が共同幻想と合体することになる。アマテラスとスサノオの対は、『古事記』のなかでまさにそういう姉弟のカップルを体現している。吉本はヘーゲルを参照しながら述べているが、母子（父子）の近親愛と兄弟・姉妹間のそれとはかなり異なる性格をもっている。それは邪馬台国についても神権をつかさどる姉（妹）と現世の統治にたずさわる弟（兄）の「対」があったことを重視することにもつながる。兄弟・姉妹による支配において、そのように対幻想と共同幻想は合体しうるが、あくまでも異質な幻想として合体することが重要なのだ。

それはまた共同社会における倫理そして罪責に関してもいえることだ。「兄弟と姉妹の血縁が現世的な権力をもった氏族的な体制が、部族的な体制に移ろうとするとき〈母権〉体制がこうむった背反が〈倫理〉の問題としてあらわれる」[9]。これは夫である垂仁天皇と兄のあいだで引き裂かれ、結局兄に与して死ぬサホ姫の話（『古事記』）をめぐって吉本が書いていることである。対幻想と共同幻想は一致し、あるいはたがいがたがいにのりうつるが、けっして矛盾なく合体するわけではなかった。その矛盾から〈倫理〉は発生するというのだ。

「規範論」で吉本は、彼の問題意識に即して道徳の発生について論じている。「国つ罪」と「天つ罪」のちがいはまさに国家の発生にかかわるという。「国つ罪」は親子の相姦などを含む「自然的カテゴリーに属する罪」[10]であり、前農耕的な共同体の規定である。一方、スサノオが犯したような罪（田の畦を壊し、溝を埋め、神食を食べる家に尿をし散らす……）は農耕社会にかかわる掟であり、すでに国家や法権力の形態とともにある。

経済社会的な構成が、前農耕的な段階から農耕的な段階へ次第に移行していったとき、〈共同

（7）同、一五〇ページ。
（8）同、一六一ページ。
（9）同、二一二ページ。
（10）同、二二七ページ。

幻想〉としての〈法〉的な規範は、ただ前段階にある〈共同幻想〉を、個々の家族的あるいは家族集団的な〈掟〉、〈伝習〉、〈習俗〉、〈家内信仰〉的なものに蹴落とし、封じこめることで、はじめて農耕法的な〈共同規範〉を生みだしたのである〔…〕。(11)

ここで吉本は、農業文明とともに国家が出現し、中央集権や法があらわれ、共同幻想が新たな秩序として組織され、道徳もまた異質なものに変わっていくことを述べている。つまり生産力と生産様式の〈進化〉が〈国家〉をもたらし、古代帝国の秩序を整えていくという見方に立っている。つまり吉本は進化論的図式で国家を説明しているのだ。ある種の人類学や哲学は、進化論的図式を斥ける国家論を提案してきた。この点では、吉本の国家発生論にそれほど斬新な観点が含まれているようにはみえない。ただ対幻想と共同幻想が絡みあい「同致」される、というプロセスに、とりわけこだわったことだけが独創的に感じられる。たしかにそのことが吉本の古代国家論の核心だった。歴史学も人類学もあまり考えようとはしない〈幻想の構造〉を、仮説的にでも考えなければ解けない歴史的過程というものがあるにちがいないのだ。

最終章「起源論」は、いよいよ『魏志倭人伝』『隋書倭国伝』そして『古事記』を対比しながら、日本国家の発生を論じている。歴史学者でも考古学者でもない思想的な探求者として吉本が提言しえたことはいったいなんだっただろうか。邪馬台国はどこにあったのか、日本国の起源は何か、さかんに議論がおこなわれ、ミステリー仕立ての立論も数々おこなわれてきた。邪馬台国に関する諸説も含めて日本の国家、つまり〈日本の起源〉に関する議論にはじつに多くの錯誤が含まれていた。「なにを〈国家〉とよぶのか、そして〈国家〉の起源とはなにを意味するのか」に関する思考そのものがまだ「未明の段階」にしかなかった、と吉本は断言している[12]。

歴史に関してアマチュアでも、思想に関してはアマチュアでない人物が介入しなければならない無知がたしかにはびこっていた。吉本が与えたのはけっして〈正解〉ではなかったにしても、たしかに彼は新しい本質的な問いをたずさえて古代史研究に介入したのだ。わずかな史料や神話をもとに国家の発生を追究しようとしても、「〈国家〉のプリミティヴな形態」は少なくとも日本列島の有史以前の数千年にさかのぼるはずだ。この遠大な時間に対して、少なくとも説得的な〈遠近法〉を提出することに『共同幻想論』の思考は収斂していったようだ。

乏しい物的史料に依拠しようとしても、国家の実体は「共同幻想」であり、物質ではない。前農耕的段階においては、親子の相姦は禁止されていたとしても、兄弟姉妹のあいだの相姦の禁制は明白ではなかった。『古事記』にも邪馬台国にも兄（弟）が現世的統治者に、姉（妹）が神権的な象徴になるというカップリングがみられるのは、まさに国家の原初的形態において兄弟姉妹の相姦が禁止され、象徴的なものになるということではないか。吉本は、兄弟姉妹の婚姻が禁制になった社会

(11) 同、二三一ページ。
(12) 同、二三九ページ。

は国家的な形態をもちはじめるにちがいないと仮説的に述べている。ここでも対幻想と共同幻想が明白に分離されながら、ただ象徴的に結託することが国家形態の登場に本質的にかかわると主張しているのだ。

4 「南島論」の意味

『共同幻想論』の思索は一連の天皇制起源論、そして奄美大島から琉球諸島にいたる祭儀を考察する「南島論」(『敗北の構造』一九七二年、所収)において続行されることになる。それはまた『言語にとって美とはなにか』の詩学的探求と結びつき、古代の詩歌の発生に関する思索としても展開された。こうして吉本は、日本列島の古代天皇制の成立以前の長い時間に対して独自の問題意識をもってせまり、総合的なイメージをつくりだした。それはもちろん歴史学、考古学、人類学にかかわる探求であり、吉本はそれらの文献・調査をふまえながら、ある独自の方法をつくりださなければならなかった。国家の実体がある共同の幻想であるならば、その発生を史料や遺跡によって追求することは本質的にむずかしい。わずかな実証的根拠をもとに推論しようとしても、それがあたる確率は「三割」程度と吉本は語っている。そういう次元の探求だからこそ思想的論理が大いに介入する余地がある、と言いたいように。

アフリカの王権を研究する構造主義人類学は普遍主義的で、日本列島から琉球列島にわたるアジア地域の共同体に固有の構造を的確にとりあつかうことができない。人類学の知識を念頭におきながら、日本独自の民俗学をうちたてた柳田國男や折口信夫の方法が〈内部から〉日本古代の共同幻想にせまるためには（人類学よりも）はるかに有効だとして、吉本は終始ふたりの著作を重視した。はじめは折口の方法の原理性を高く評価していたが、しだいに柳田の評価を高めてやがて一冊の柳田國男論を発表することになる。しかしそのふたりさえも「日本の清潔主義的な風習とか習俗とかにあまりにもべったりと着きすぎている[13]」とその「淡白さ」を批判してもいるのだ。要するに、柳田も折口も国家を批判する思考をもたなかったと言いたかったのだ。

そして吉本の『共同幻想論』の目標は、この本が発表されてからは次のように絞られていた。

日本の国家というのは、近代国家として、せいぜい百年、それから天皇制国家としてせいぜい千数百年です。それならば、天皇制国家以前に、国家以前の国家はなかったとかんがえたら、歴史をまちがうことになるでしょう。天皇制統一国家以前は、まったく原始時代とか、未開時代とか、野蛮時代だったとかかんがえたら大まちがいであって、その以前に、国家以前の国家というのは充分にありえました。それから人はいつからこの列島に住んでいたんだといえば、旧石器時代ま

（13） 吉本隆明「天皇制および日本宗教の問題」、『〈信〉の構造3　天皇制・宗教論集成』春秋社、一九八九年、二九ページ。

たはそれ以前から住んでいるわけですから、一体その空白はどうしてくれるんだ、という問題はつねにあるのです。[14]

（「国家と宗教のあいだ」、『知の岸辺へ』一九七六年）

すでに『共同幻想論』で、田の神を迎える農耕儀礼は、やがて大嘗祭のように天皇の世襲の儀礼として凝縮する以前の原型として論じられていた。〈南島〉には「ノロ」と呼ばれる巫女の継承の儀式が伝わっていて、供え物の米を通じて神霊を受けとり、共同の宴、歌唱をしたあと、ノロと神とが一夜一緒にすごすのだ。この点で、それは田の神を迎える祭りとも天皇世襲の大嘗祭とも重なるところがある。吉本はこのことから〈南島〉には、日本列島に天皇族による統一国家が成立する以前の古くから、収穫祭であり、同時に継承の儀式であるような祭式があったと考えた。そしてそのことから、沖縄を日本の辺境とみなすような発想を相対化し、あるいは覆すことができると述べている。

日本人や日本的感性、美学の起源はしばしば記紀や記紀歌謡をもとにして語られてきた。しかしそのような〈日本〉は、歴史的にあまりに新しい一時代と一地方の史料ばかりを根拠にした作為にすぎない。吉本は『初期歌謡論』でも、日本の神話や古代の歌謡のイメージがいかにそれ以前の長大な時間に対する想像力を遮断した〈国文学〉の作為によって生まれたかを追究している。

神話的行為に、夢の時間と空間の展開様式をみたいのに、しばしばあさはかな歴史的な作為に、夢は中断させせられてしまう。言葉もまた作為を負わされていて、文字の形象でさえ意味あり気にとりかえられている。ほんとうの〈神話〉は『神話』の記述を削りおとして組みかえなければ、ほりおこせない。おなじように〈歌謡〉の原型も『歌謡』を削りおとさなければ、ほんとうの姿をあらわさない。[15]

この批判は、記紀歌謡を日本の歌と美学の原型としてもちあげた本居宣長や、晩年にみずからの批評の集成として宣長論を書いた小林秀雄にもおよんだ。記紀歌謡に日本語の新しい層と、それ以前にさかのぼる古層を読みとっていた賀茂真淵の視点をずっと重視して、[16]吉本は古代の詩歌のなかにも、共同幻想として問題にした「国家以前の国家」を読みとろうとしたのである。

それにしても、ただ天皇制の世襲儀式を相対化するような古い儀式形態を見つけだすことで、日本史の中心にいすわった国家観や歴史観を覆すことができるわけではない。ほんとうに興味深いのは、古い形態から新しい形態への変容が何を意味しているか、ということなのだ。

田の神を迎えて、また送りだす農耕儀礼には、大地の生産力を迎え、しかもその生産力を生殖の力として受け容れるという性格がある。天皇の世襲大嘗祭は、この儀礼の要素を含みながら抽象化

(14) 「国家と宗教のあいだ」、同、五九―六〇ページ。
(15) 吉本隆明『初期歌謡論』ちくま学芸文庫、一九九四年、八八ページ。
(16) 吉本隆明『悲劇の解読』ちくま学芸文庫、一九九七年、一一八ページ。

され、司祭であり神である天皇の権力を保証しようとする。国家装置と合体した共同幻想は性的観念（対幻想）と重なっているが、そのことが判明にみえないほど抽象化され、神と交わる儀式は、たんに神霊と合体するための「物忌み」にすぎないようにみえるようになる。そして儀式のこのような変質とともに、部族社会においては大まかにいって母系制から父系制への転換が進行した。母系制と相関的な支配形態は同じ母から生まれた兄弟姉妹による統治であり、それはしばしば宗教的権力と政治的権力を姉（妹）と弟（兄）が分有するという形態をとった。この場合も性的観念（対幻想）が統治の観念（共同幻想）に重なっている段階があり、やがてその重なりが純粋な統治機構（国家装置）として完成することになる。

『共同幻想論』のあとも南島の民俗学にアプローチすることによって、『共同幻想論』の問題提起はもっと広大な時空に解放され、しかも具体的なイメージをえた。しかし親族構造や祭礼に関するより豊富な事例のあいだですでに確信をえられた方法をつらぬいているだけで、論理的に詰めていない部分がより精密になることはなかった。もちろん実証的でも収集家的でもなく、吉本の考察の最大の強みは発想のモチーフと論理の徹底性にある。天皇制を出現させる歴史的時空の観念を相対化しえたことについて、すでに吉本は確信したにちがいない。しかし体系を構築し、図式を磨きあげることよりも、むしろ鋭い根本的な批判を貫徹したあとでは別の問題に関心を移してしまうことが彼の〈方法〉でもあった。『心的現象論序説』できわめて抽象的な原理論を心的現象について展開した後、長期にわたって連載された『本論』でも、その思考はさまざまな事例と次元のあいだに散乱していった。もちろんそこにも興味深く読むべきことは多々含まれている。そういう彼の法外な思想的ブリコラージュ（器用仕事）のあとを、私はたどりつづけている。

5 山口昌男の批判

山口昌男は『共同幻想論』が出版された直後に詳細な書評[17]を連載し、人類学者としての立場から、かなり辛辣な批判をむけている。「このわからなさは異質」、「この人は仲々の演技者である」、「吉本の何でも解ろうという立場に余り同意できない」、「世界に対する感受性の欠如」、「一挙に世界を支配したいという志向」、「託宣めいた表現」、「意外と根拠の薄い薄弱な推論のうえに成立している」、「「始原的想像力」とでもいうべきものの決定的な欠如」等々の非難を連発し、人類学者の視野からの批判検討を山口は果敢に試みている。当時すでに教祖的インテリだった吉本と、それを「託宣」のように受けとる読者に冷や水をかける毒舌にはほとんど爽快なところがある。しかし、そもそも「よくわからない」と始めながら、吉本の立論の不備なところだけを批判していく山口の読解から浮かびあがってくることはなんだろうか。

（17）山口昌男「幻想・構造・始原——吉本隆明『共同幻想論』をめぐって」、「日本読書新聞」一九六九年一月十三日—三月十七日号、中央公論特別編集「吉本隆明の世界」二〇一二年、所収。

まず「共同幻想」がデュルケームの「集合表象」によって、あるいは「対幻想」もジンメルの「一対をなしている相関的な両要素」というような概念によってすでにとりあげられており、それほど画期的な考えではないことを山口は指摘している。そのように西洋の学問的成果をにらんで比較検討しながら進んでいくことは、天皇制を標的とする吉本の問題提起にとっては不可能なことだった。そのような〈固有性〉の選択によって、もちろん吉本固有の探求は独断に陥る危険があった。『遠野物語』に共同体のタブーの原型を読んだ吉本は、個々の魂が共同幻想に憑依される現象としてタブーを否定的に解釈しているようにみえる。そのことをも山口は批判している。タブーはタブーの対象を聖なるものとして構成する「象徴喚起力」のあらわれでもある。それは人類学にとってけっしてネガティヴな現象ではない。こういう指摘からは、吉本の共同幻想論と人類学者の象徴世界論とのあいだにある深い溝が見えてくる。

吉本はフロイトに対して、また「現存在分析」による精神病理学に対しても、フロイト左派に対しても、異なる水準の幻想を短絡し混同していると批判した。山口は、このような批判が理論的に不備であることを逆に批判している。吉本が試みたのはマルクス主義の影響を受けた「トータル・セオリー」であるが、周到な手続きをふまずに展開されているので、たえず独断がもちこまれるという。山口は「結論したい要求」(フロベール)を断念し、「事実そのものに語らせる」というビンスワンガーの主張を支持して、「トータル・セオリー」ではなく「開かれた知」にむかわねばならぬ、というのだ。

人類学のスペシャリストにとって、吉本の考察した母系制から父系制への移行の過程はほぼ「常識」であるが、親子の近親相姦の禁止と兄弟姉妹の相姦の禁止が幻想の構成において異なる段階に対応し、支配の様式にも大きなちがいをもたらすとした吉本のこだわりを、山口は認めていない。「近親相姦の禁止を国家の可能態と結びつけることは、国家を文化と無時間的に結合し、〔…〕絶対化することになりかねない[18]」

また吉本のいう「対幻想」は、漱石の『道草』の夫婦やヘーゲルのあつかう西洋型小市民家庭の夫婦をモデルにしたものにすぎず、人類学があつかうまったく多様な親族集団を、ただ「対」を原則としてとらえることはできないと山口は主張して、吉本が生涯こだわった「対幻想」の特異性や自立性を斥けるのだ。

天皇の世襲大嘗祭の説明についても、「田の神」を迎える農耕祭儀が抽象化されて規範力となり、つまり国家の儀式になるという進化の図式は「論証されていない」と山口は批判している。王権的な儀礼のほうが逆に民俗的な祭儀のほうに影響を与えてきた逆の事実もあると、彼はアフリカ王権の研究をふまえて指摘するのだ。

以上のような批判をめぐって、吉本と山口のあいだに本格的論争というほどのやりとりはなかった。人類学の究明してきたアフリカ王権の発生論は、吉本の試みたアジアの一地域における国家

（18）同、一五三ページ。

〈あるいは「国家以前の国家」〉の起源論にそのまま適用できるはずがなかった。人類学は天皇制の起源的時間に対して、まったく外部からしか接近できない。そういうふうに吉本は、山口の批判も人類学の発想も斥けるしかなかった。吉本の姿勢は一徹であり、頑なでもあり、閉じられたものともいえた。しかしこの姿勢をつらぬいたところに他に代えがたい認識が開かれたのである。

　山口の批判の全体をふりかえってみると、いちばんの要点は人類学者にとって譲れない「始原的想像力」ということだろう。吉本にしてみれば、まさに人類学、考古学、歴史学のスペシャリストたちは日本列島に統一国家が形成される以前の時間を、それ以後の歴史的観念や人類学的普遍主義を外挿して考えてしまうという点で始原への想像力を欠いているゆえに批判しなければならなかった。吉本の共同幻想論は、国家の起源を近親愛の対幻想や農耕儀礼のようなモデルの〈編成〉によって考えているが、山口にとって国家発生の説話群には「狂暴性・相克・放浪が有機的にからみ合っている」[18]。〈未開社会〉のさまざまなタブーもたんに〈入眠〉や〈憑依〉の心的現象ではなく、集団的な象徴的創造という面をもっている。親族構造もけっして一対の男女に中心化されるものではなく、さまざまなヴァリエーションをもって共同体の組織に関与する。山口にとって人類学的想像力の源泉となるダイナミズムを、吉本はことごとく静的な論理的段階論によって排除するようにみえていた。そしてこの静的方法は山口にとっては欠陥でしかなかったが、そこに吉本の思考の根拠も本質力も、独自のアジア性さえもひそんでいたのだ。

　あたかも国家を知らないようにみえる〈未開〉の共同体は、ただ〈未開〉なのではなく、むしろ国家装置として結晶するような規範、生産様式、生活様式を予感して、それを周到に避けるような システムを形成しているのではないか。ドゥルーズとガタリの「国家装置」論の源になったピエール・クラストル『国家に抗する社会』(一九七四年)は、アマゾンの先住民を研究しながら、そのような発想を定着させたのだ。国家の発生はけっして生産の様式や規模の〈進化〉に対応するのではなく、いつでもどこでも人類の共同体は国家を形成する可能性をもっている。国家なき共同体はそのような可能性を排除するシステムをそなえていたのであり、ただ未開であるがゆえに国家をもたないわけではなかった。これもひとつの仮説にすぎないが、少なくとも国家を考えるには耳を傾けるべき重要な仮説ではないか。

『共同幻想論』についても、吉本の発想の独自性と本質性を正確に評価したいと思って私は再読してきたし、その評価にあまり変わりはない。しかし、たしかに吉本の思想的ブリコラージュは完璧ではなかった。吉本は『共同幻想論』から三十年たって『アフリカ的段階について』(一九九八年)を書いた。それは『共同幻想論』の主張をなんら自己否定するものではないが、たしかにそこで欠落していたことを補う試みだったといえる。吉本の国家論は、あまりにアジアの共同幻想に偏してアフリカをみていなかった。そしてこのアフリカ論は「史観の拡張」という副題が示すように、ようやくアジアの外部に歴史的視野を拡大しようとするもくろみを含んでいた。

---

(19) 同、一五一ページ。

Ⅲ

A　心的現象論の軌跡

1　第三の領域

『言語にとって美とはなにか』『共同幻想論』および『心的現象論』によって、「人間の生活の総過程から全幻想領域を験そうとする著者の構想は、〔…〕包括的全円的な思想形成の端緒を拓きつつある」。その成果は「論理的必然性をもって体系的統一的に発展せしめられ、その独創性は、ほとんど例をみないという意味において、いっさいの毀誉褒貶を超えて聳立する事業であることは確実である」[1]。『全著作集』（勁草書房）におさめられた『心的現象論序説』の解題に編者の川上春雄はこう書いている。「いっさいの毀誉褒貶を超えて」などという文言はほとんど聞くにたえない信仰告白にすぎないが、そういうふうに吉本隆明を読みつづけた読者は多かったたし、またそのようにトータルな体系に挑もうとする姿勢は何よりもまず吉本のものだった。

それは〈戦後〉を生き、引き受けてきた吉本の思想的闘いから必然のようにやってきた構えであったことはこれまでにみてきたとおりだ。初期の批評や論争を通じて切迫した状況に身をおきながら、言語とは何か、共同体とは何かを根底的に、そして包括的に考える必要にますますせまられることになった。とりわけ六〇年代はおもに「試行」での連載を通じて三つの「幻想領域」をもっとも体系的論理的に考えた時期である。「いっさいの毀誉褒貶を超えて」いる理論などありえないが、たしかに本質的で実験的な思考が集中的に続けられた。その後の吉本は、もちろんこの成果をふまえてさまざまな方向に増殖する多彩な批評を実践することになる。多くのめざましい作品論、作家論が書かれた。また彼の原理論に密着したかたちで「情況への発言」も繰り返された。

第三の「幻想領域」とは「心的現象」であった。そしてこの領域については一度『心的現象論序説』(一九七一年)を発表してからも、吉本は長らく『心的現象論』として連載を続けるが、それは『試行』終刊とともに中止されて「未完」に終わっていた。いまではこの連載を収録したぶあつい書物が『心的現象論本論』(二〇〇八年)として刊行されている。しかし吉本はそこで「心的現象」という主題を一貫してあつかっているわけではない。はじめに「眼の知覚論」「身体論」を展開し、すでに心的現象から少し遠ざかり、「身体像」をあつかって哲学から自然人類学のような認識に迂回する。そして第三のパート「関係論」では〈うつ〉の問題を焦点にしてもう一度〈心的現象論〉にもどってくるが、そのあと延々と続く「了解論」では、もはや心的現象にかぎらず、吉本がその

(1)『吉本隆明全著作集10 思想論1』勁草書房、一九七三年、三二九―三三〇ページ。

後にあつかう多くの主題が縦横無尽に折りこまれてそのまま未完に終わるのだ。

こうして吉本の意図したかもしれない「包括的全円的な」体系もまた未完のまま残された。すべての問題を独力で包括的に考えなければならないという切迫した思いは、たしかに吉本の生きた戦後史の断絶にさかのぼるものだった。彼はマルクス、ヘーゲルに強く影響され、西欧思想のなかではイギリスでもフランスでもなくドイツの粘り強い重厚な思考法に親近感をもっていた。しかも自然科学を学んだ知識人として、論理的図式的な演繹の発想にも彼は親しんでいたのである。しかし論理的体系的である一方で、批評家・詩人として現象の複雑性や多様性に対してきわめて繊細な資質だった。

『言語にとって美とはなにか』『共同幻想論』には少なからず論理的な不徹底や飛躍がみられることを私は指摘したが、それはそこに何が書いてあるのか精確に読みとろうとした過程で気づいたことにすぎず、あくまでも吉本の思考の焦点がどこにあり、何を達成していたのかを正しくみたいと思うからだった。言語、共同幻想、心的現象という三つの領域は、どれをとってみても精緻な体系的認識をうちたてようとするなら一生を費やしても足りないほど深く巨大なのだ。吉本が一生かけてなしとげたのは、批評的詩的思考から始めて、ある時期は集中的、原理論的に問題をたててそれに答えようとし、さらにそれを動力にしてもう一度文学・思想・宗教に、歴史のさまざまな段階に、そして現代社会の政治、資本制、メディア、技術などの問題にたいしてまで犀利な批評精神を拡張していくことだった。この喪の本で私が試みようとするのは、もちろんその総体にむかってではなく、むしろ吉本隆明がどのような問いをたて、どのように、どこまでそれに答えたかを確かめることだ。それはある時期に彼の書物に傾倒し、そのあともつかず離れず注意をはらってきた私自身の問いを再考し、再構成することでもある。

2　精神分析と現存在分析

まずは『心的現象論序説』の内容を振り返ってみたいが、それにしても私にとって他の二冊に比べて、これはよく正体のつかめない本である。もしかするとその思考はあまりうまくいっていないのではないか、と思われるところがあるのだ。『言語にとって美とはなにか』『共同幻想論』には論理展開に荒っぽいところや説明不足なこだわりが散見されても、全体としてある画期的な独創的展開と達成があったと思う。それぞれの領域を専門とする学者に比べればアマチュアでも、言語を思考する吉本には、それを補ってあまりある言葉の豊かな体験と切実な批評的意識があった。指示表出と自己表出というたったふたつの座標のうえに文学の言語をすべて配置して図式化するという試みは、ときに強引すぎて成功していないと思えるところがあっても、いくつもの本質的な問いが提出されて、それに答えながら進む強靭な思考は説得的だった。『共同幻想論』のほうはおもに『遠野物語』と『古事記』というテクストを読解しながら進む批評的思索であり、しかもその基本的モチーフは吉本が戦後にずっと頭を悩ましてきた〈天皇制下の大衆〉という問題だった。人類学者や歴史家からみれば不備なところが多々あったにしても、そういう強いモチーフと批評家の文体に支えられた国家論の試みには、学界の研究にはあまりみられない〈野生の思考〉の独創性と本質性が感じられたのである。

『心的現象論序説』（これ以後『序説』と略記することがある）のモチーフ自体はよくわかる。はじめに「心的現象は自体としてあつかいうるか」と著者は問うている。それはけっして心的現象一般を、あるいは正常な心的現象をあつかっているのではない。むしろ異常な、あるいは病的な心的現象をあつかっている。けれども例外的な心的現象をあつかうには正常な、または常態的な心的現象が何か知らなければならない。そして例外的な現象をあつかいながら、心的現象一般が何か知ることが同時に課題となる。立論の方法として悪循環になりかねない。吉本はこのことをうまく乗りこえただろうか。

「マチウ書試論」にはっきりあらわれたように、吉本はマタイ伝の作者の心理を「生理的憎悪感」「パラノイア」「被虐的な思考」「心情のマゾヒズム」「倒錯心理」「アンビヴァランス」などと名づけていたのだ。マタイ伝の作者がのぞかせるそのような〈病的〉心理を批判しながら、吉本は作者が見つめた真実を「関係の絶対性」と名づけて終わる。そういう吉本の心性そのものに、そのような〈病理〉に敏感に反応する資質がたしかに含まれていた。

初期の批評文のひとつに「芥川竜之介の死」を書いた吉本は、いやおうなく芥川の妄想や狂気について考えざるをえなかった。そして後に書く文芸批評の傑作『悲劇の解読』では、日本近代の作家たちの「性格悲劇」が中心のテーマになっている。精神の病理は、吉本の批評と思想の大きな課題のひとつになっていったといえる。戦後日本の批評家たちのなかで、案外この点においても吉本はきわだっているのだ。「分裂病者」(『転位のための十篇』)というような題の詩を書いて「きみの喪失の感覚は／全世界的なものだ[2]」などと書く青年のなかにも、そういう「性格悲劇」のきざしがあったにちがいない。とにかく彼にとって精神の病理は文学表現の核心につながっていた。

つまり心的現象論においても言語論、共同幻想論と同じく、吉本の原理論的(哲学的)探求のモチーフは深く必然的だった。『序説』にもたくさんの本質的で繊細な着想がいたるところにみえる。しかし彼の文学的センスとモチーフの本質性がその思索を牽引したにしても、精神医学や精神病理学の厖大な蓄積にそれほど通じないまま、もちろん臨床の体験もないまま、彼は主としてヨーロッパの翻訳文献を頼りに孤独な状況でこの探求を進めざるをえなかった。『言語にとって美とはなにか』では何よりもまず日本語の文学を通じて言語を論じ、『共同幻想論』ではとにかく日本史をつらぬく共同体の精神的構造を論じたのだから、もちろん普遍理論を視野に入れながらも、あくまで日本の特異性を通じて考察することが課題だった。吉本にとって、むしろそのことがさしあたって切実な目標だった。しかし「心的現象論」の地平には普遍的な問いしかなく、もはや日本人に固有の心性などが問題ではなかった。吉本はまったく彼独自の固有の問題をたずさえながらも、普遍的

（2）『吉本隆明詩全集5　定本詩集』思潮社、二〇〇六年、四四、四六ページ。

なコンテクストでそれを問うしかなかったのだ。「心的現象論」の行く末が、他のふたつの探求とかなりちがって迷走し漂流していったのは理由のないことではなかった。これは吉本にとって理論や体系とはなんだったかという問題にもかかわることだ。〈原理的に思考する〉ということは誰も知る彼の特徴だったが、これは、そのために精緻な体系を築き磨きあげるという実践とはまた別のことだった。自分のたてた根本的な問いに答えるのは必ずしも緻密な正解でなくてもよく、飛躍や迂回や混乱とともにある壮大なブリコラージュでもよかったのだ。

『序説』の思索にはフロイト、フッサール、ハイデガー、ヤスパース、そして彼らの影響を受けたビンスワンガーらによる「現存在分析」の反映（そして批判）が多くみられる。吉本が参照し引用する文献も、これらの著者によるものが圧倒的に多い。人間の心理を外部からの刺激に応答し行動する機械とみなすような傾向が現代の心理学にとって基本的なものだとすれば、吉本の関心はもちろん心理学などではありえない。彼にとって「心的現象」は何よりもまず自然（環界）とも身体（生理）とも独立したひとつの次元を構成し、還元不可能な、それ自体で「現実的」な現象である。

心的な現象が、現実的な現象であることをもっともよく象徴するのは、それが〈病的〉あるいは〈異常〉な行動となってあらわれるときである。しかし心的な現象が、その内部でたんなる現実的な現象、たとえば樹木が風に揺いでいるとか、人が都市のビルディングのあいだを歩み去っていくとかいう現象とちがうのは、それが同時に可視的でない**構造的**な現象でありうるという点にある。[3]

その〈異常〉は、たしかに身体的異常とは異なり身体と因果関係をもたないし、外界の物質のひろがりとも無関係なものとして切断され「疎外」される。こうして「疎外」というドイツ哲学の弁証法的論理がここでも踏襲されることになる。「わたしの〈心〉は、外界の無機的な自然物と、わたしの〈身体〉という有機的な自然物からと共通に抽出され、疎外された幻想領域を保存している」[4]。「自我」という核を含む「エス」は外界からも身体からも疎外された領域であり、「原生的疎外」によってもたらされるものである。吉本は出発点のところでフロイトに依拠している。

まず、生命体（生物）は、それが高等であれ原生的であれ、ただ生命体であるという存在自体によって無機的自然にたいしてひとつの**異和**をなしている。この**異和**を仮りに**原生的疎外**と呼んでおけば、生命体はアメーバから人間にいたるまで、ただ生命体であるという理由で、原生的疎外の領域をもっており、したがってこの疎外の打消しとして存在している。この原生的疎外はフロイドの概念では生命衝動（雰囲気をも含めた広義の性衝動）であり、この疎外の打消しは無機

（3） 吉本隆明『改訂新版 心的現象論序説』角川ソフィア文庫、二〇一三年、一三ページ。
（4） 同、二〇ページ。

的自然への復帰の衝動、いいかえれば死の本能であるとかんがえられている[5]。

まず生命体と自然とのあいだの矛盾として「原生的疎外」が発生し、それが人間においては心的領域を形成するというように、ここでもまったく弁証法の用語で心的現象の発生が論じられている。吉本は、生命から人類にいたる進化史の展望のなかで「エス」を定義したフロイトを高く評価しているが、他方で批判もしている。フロイトにとって意識・無意識の根底にはあの〈リビドー〉があるが、リビドーは生理でもあり精神でもある。心的現象に固有の構造を解明しようとする吉本の立場にとって、このあいまいさは受け容れられないものだ。にもかかわらず、あくまで自然の弁証法のなかに「精神分析」を位置づけようとしたフロイトの発想は吉本にとって棄てがたいものだった。吉本は最後までけっしてフロイトの評価を変えることはなかったし、また精神分析の発想を生物進化の時間に照らして再考するような思考は、『序説』のあとの『本論』でもひとつの重要なモチーフになっていくのだ。

吉本はまたフロイトが異なる「次元」を混同したことを批判している。ひとつは『モーセと一神教』にみられたように、近親相姦の禁止という「対幻想」の次元の出来事をそのまま「一神教」のような「共同幻想」にかかわる次元に結合するという短絡、混同にかかわる批判であった。それは『共同幻想論』の重要なモチーフにもなった批判で、『序説』でも彼は同じ批判を繰り返している。フロイトはこの点で「無造作」だったというのだ。

もうひとつは、「現に存在する人間」の心的構造を、リビドーをめぐる幼児の発達という「過去」の過程に還元するという精神分析の還元主義に対する批判である。「生物体としての人間」の発達の過程は、「心的領域の特異な位相」の原因ではあっても、心的領域を、幼児の発達過程という次元に還元することはできないというのである。(6) しかし第Ⅳ章「心的現象としての感情」では、「たんに〈感情〉ばかりでなく、あらゆる心的な現象の基礎をこの一対の男女における〈性〉を基盤にした〈接触〉にもとめた(7)」という点でフロイトを別の観点から評価しているのだ。人間の心理をリビドーと幼児の性的体験に還元するフロイトの発想のラジカリズムに対して、吉本はけっして否定的であったことはない。しかし、それが個体から共同体にわたるあらゆる心的領域を決定するかのように考えたフロイトの徹底性に対して、彼は慎重にせまるしかなかった。

『序説』の吉本の基本的立場は、環界からも身体からも「疎外」され、あたかも自立しているかのような心的現象の構造を時間と空間の構造として読みとこうとするもので、きわめて抽象度が高い。そこには「去勢」や「他者」のような精神分析の本質的な概念がほとんど介入しえなかった。フロイトの成果はけっして吉本の心的現象論の核心にまで入りこんでこないのだ。

これもはじめの章で、吉本はビンスワンガー(「現存在分析」)やヤスパースがいかにフロイトを

(5) 同、二三―二四ページ。
(6) 同、五一ページ。
(7) 同、一五六ページ。

批判したかを検討している。現存在分析は「無意識的なものとは存在に向けられる言葉ではありえても現存在に向けられる言葉ではありえないということを明らかにする。現存在とはそこに存在し、みずからの現を有し、いいかえればこの現について知っており、これに対してある態度をとるところの存在を意味するからである」[8]とビンスワンガーが書いているのを吉本は引用している。ビンスワンガーにとって、まるで第二の自我のようなものとして「無意識」をもちだす精神分析は、「現存在」について語ることができないのだ。しかし、吉本は「現存在分析」に対しても批判的である。「ビンスワンガーの批判は、もとより人間の存在を、現に存在する有意味的な世界内の綜合だとする徹底的な形式主義によってはじめて可能だといえる」[9]。吉本にとって「現存在」とは、生誕から死にいたる生命の時間のなかに包まれてある。そういう時間のなかで心的現象を捉えたという点で、吉本は「現存在分析」よりはずっと「精神分析」(＝フロイト)のほうを重視したが、だからといって彼の心的現象論はけっして精神分析を中心に迎えようとするわけではない。

　ビンスワンガーはそのフロイトに対して、何よりもまず「自然人《ホモ・ナトゥーラ》の理念」を発見したことを讃えたのだ。この「自然人」とは、普遍的歴史的人間でも現代の存在論的実存的人間でもなく、生命の奥深くにひそむ衝動をかかえた人間である。フロイトにとっては、道徳も真理も文化もそのような始原の衝動に対する否定として出現したのだ。しかし西洋近代の知性であるフロイトは、あくまでも自然科学的方法によってこの「自然人」の研究を進め、「人間の自然的組織、およびこれと環境的要因との衝突という与えられた諸条件から、機械的必然的に出てくるものを、いたるところで示す[10]」という形で精神分析を構築した。こうしてフロイトは、彼の自然科学的探求を性的身体という基盤のうえに成り立つ「心的装置」に対してむけたのだ。

ビンスワンガーのフロイトに対する評価も、まったく両価的だった。精神分析が「人間を支配する絶対的力、ひとがゆだねられている力、人間の生命の機械装置を操縦し、調整する力についての知識と認識」をもたらしたことを彼は賞賛している。しかし、賞賛の理由は批判の理由にもなりうる。フロイトの「自然人」という発想は人間学的経験を「破壊する営み」を基礎にしている、とビンスワンガーは批判するのだ[11]。

人間を「自然人」として理解し、人間に属する実存を自然史のなかにみるような立場とは別の「根源的な立場」があるし、それがなければならない、とビンスワンガーはいうのだ。「現存在」はけっして自然人ではなく、人称をもち、人格をもっている。したがって「わたくしのもの、彼女のもの等々としての現存在が、現存在の交わりが、共同人間の関係、あるいはわれわれ関係が、つまり一個の人格と、みずからに似た人格、つまり他者の人格との関係[12]」が論じられなければならない。

(8) 同、三九ページ。
(9) 同、四〇ページ。
(10) L・ビンスワンガー「人間学の光に照らして見たフロイトの人間理解」、『現象学的人間学――講演と論文1』荻野恒一、宮本忠雄、木村敏訳、みすず書房、一九六七年、二三五ページ。
(11) 同、二三六―二三七ページ。

そのような課題を引き受ける「現存在分析」は、あくまで精神分析が対象とする「自然人」とは異なる人間を相手にしていることになる。

「現存在分析」は、吉本と少し似た理由で自然過程のなかに心的過程を位置づけるフロイトの方法を讃えながらも、そのようなフロイトの〈自然主義〉は斥け、むしろハイデガーに依拠して精神医学の新しい流れをつくりだすことになった。精神の病理を理解するには「時間性の構造」の変容を洞察しなければならないと指摘しつつ、ビンスワンガーが提唱している分析方法は、説得力のある慎重なアプローチだと感じられる。いつも「去勢の失敗」を持ち出さなければ分析として体をなさないともいえる精神分析に比べれば、はるかに「事象そのものに語らせる」[13]（またしてもフロベールの言葉だ）ことを尊重しているのだ。それは病者がどんな「世界」にいるかを、言語に表出されたもの（自己描写、夢、日記、詩、手紙、自伝的素描）を通じて、ときには長期にわたる面接を通じて注意深く再構築するような作業を奨励している。

たとえば、五歳のときスケート靴をはずすのに失敗したというだけのことが不安や発作を引き起こすようになった若い女性を分析しようとする。フロイトならば、出産によって〈子供と自分の身体を分かつ〉という女性固有の〈幻想〉によって症状を説明するだろう。ビンスワンガーはフロイトの発想をけっして無視しはしない。しかし、あらゆる女性がもつにちがいない出産に関する〈幻想〉があるにしても、あらゆる場合にそこから病的状態が発生するわけではない。それが病因になるにはもうひとつの根拠がなければならない。彼女がどんな心的「世界」を生きているのか、どんな世界像を構成し、どんな「世界投企」をおこなっているのか解明しなければならない、とビンスワンガーは「現存在分析」の課題を説明するのだ。(14) ビンスワンガーは周到にフロイトの還元的方法を斥けながら、フロイトの発見さえも批判的にとりこんで世界の内に生きる「現存在」と注意深く対話する方法を追究したといえよう。そういう立場は、ヤスパースやサルトルの方法とも共通点があったにちがいない。

吉本は、フロイト以降のこのような展開を彼なりに検討しながらも、ただフロイトひとりに対しては評価を変えなかった。しかもけっしてフロイトの方法をそのまま採用したのではなく、心的現象の普遍的構造を考えて、その構造の異変として精神の異常や病理を考えようとした。心の構造を時間性と空間性の「錯合」としてとらえるという吉本の発想には、ハイデガーから時間をめぐる存在論を学んだ現象学的な現存在分析が反映していたはずだ。

3 時間と空間、純粋疎外

吉本にとって、心的現象は世界と身体から二重に疎外された現実であり、疎外されたことによっ

(12) 同、二四〇―二四一ページ。
(13) L・ビンスワンガー「精神医学における現存在分析的研究方向」、同、二六〇ページ。
(14) 同、二七六―二七七ページ。

てすでに現実から分離した「幻想」である。心的領域は身体から離れ、かつまた現実的環界から二重に切断されている。身体（生理体）との関係は「時間」として、現実的環界との関係は「空間」として規定されるので、心的領域の「疎外」もまたさまざまな「時間性」と「空間性」のヴァリエーション（そして度合）をあらわすことになる。吉本はこのことを次のように定式化した。

生理体としての人間の存在から疎外されたものとしてみられる心的領域の構造は、時間性によって（時間化の度合によって）抽出することができ、現実的な環界との関係としての人間の存在から疎外されたものとしてみられる心的領域の構造は、空間性（空間化の度合）によって抽出することができるということである。(15)

心的時間の度合（ヴァリエーション）とは〈衝動〉から〈感情〉へ、そして〈理性〉へといたる。つまりそれは身体からの距離に対応して異なる心的水準を形成するといえる。一方、心的空間の度合（ヴァリエーション）は触覚や味覚や嗅覚のような感覚から視覚、聴覚へといたるのであって、これらの感覚は主体と環界との距離に対応するのだ。これは時間を内部感覚（内官）に、空間を外部感覚（外官）に属するものとしてきた哲学的伝統にしたがう発想にちがいない。

この公理的ともいえる規定から出発し、『序説』は心的現象の「異常」や「病理」を、時間性と空間性における秩序に異変が起きることとして考察している。さまざまな症例や妄想を身体との対応（時間）と環界との対応（空間）の構造的歪みとして定義し、このふたつの座標のうえに配置していくのである。それは『言語にとって美とはなにか』で言語表現の諸特性を自己表出と指示表出というふたつの座標上に分類したのとまったく類似したやり方だった。しかも指示表出が空間的に展開される対象にむかうとすれば、自己表出のほうは時間的に重畳される言語自体の厚みのようなものだったという点で、ふたつの「表出」はすでに心的現象における空間‐時間の対立に呼応していたのだ。

吉本はまず、身体としての人間の時間性と環界における人間の空間性とについて「一次的対応」[16]が成立するということから出発する。触覚から視覚にいたる空間性の水準と、衝動から理性にいたる時間性の水準にはある安定的秩序が想定されて「正常」といえるような心的構造を保っているということが前提になっている。この「一次的対応」に異変が起きることがある。たとえば分裂症の患者が文字に色があることを告げる。文字は進化した人類が獲得したもので、そのかぎりで高度な知性の時間的対象である。色は視覚の対象だが、視覚対象としては低いレベルにある空間的対象である。ここでは高度な時間性と低次な空間性が結びついている。つまり高度な空間性は高度な時間性と、低次な時間性は低次な空間性と結びつくことこそが安定的な正常な状態だが、結合した時

（15）吉本隆明、前掲書、五三ページ。
（16）同、七一ページ。

間・空間の序列に狂いが生じていることが心的構造の病理をあらわす、と吉本は言いたいのだ。

　本質的で巧みな説明であり図式化である、ということもできよう。あるいはたんに強引な分析にすぎないという意見も出てくるだろう。吉本は「現存在分析」に比べて、心的現象における時間と空間の構造をもっと抽象化し、図表化して説明している。ちなみに「固有時との対話」のような詩的作品で、吉本が自分の精神の状況をきわめて抽象化して語ったことを思い出さないではいられない。「けれどわたしがX軸の方向から街々へはいつてゆくと　記憶はあたかもY軸の方向から蘇つてくるのであつた(17)」

　これ以降も吉本はあくまで空間性、空間化度、時間性、時間化度、それらの一次対応、高次対応への移動といった変数を設け、それらの関数として心的構造の障害を考察し、平面座標に症例を図表化するという試みを続けるのだ。しかし、時間は身体との関係（対応）において、空間は環界との関係（対応）において成立するということ、このこと自体がそれほど緻密に考えられていない。ハイデガー、ベルクソンを引用して、彼らの時間・空間の観念を検討しているが、それによって吉本の時間・空間の思想は像を結ぶどころか混迷を深めた。時間・空間の定義自体を吉本はわりと簡単にすませて進んだが、ほんとうは時間・空間についての本質的な哲学的考察が不可欠になっていた。

「原生的疎外」だけではなく「純粋疎外」という概念が見え隠れするが、吉本はこれにも十分明快な説明を与えていない。心的領域は、まず身体にも環界にも属さない自立した次元として疎外されるが、それはすでに生命体が無機的な自然に対してもつ「異和」の延長上にあるという意味で「原生的疎外」と呼ばれた。一方で、カントが純粋理性と呼んだような「純粋」という言葉の意味をふまえ、経験をこえて先験的であるかのように存在する疎外領域を「純粋疎外」と吉本は呼んでいる。

このような心的な領域は、あらゆる個体の心的な現象が、自然体としての〈身体〉と現実的環界とが実在することを不可欠の前提としているにもかかわらず、その前提を繰込んでいるため、あたかもその前提なしに存在しうるかのように想定できる心的な領域である。原生的疎外を心的現象が可能性をもちうる心的領域だとすれば、純粋疎外の心的な領域は、心的現象がそれ自体として存在するかいいいかのような領域であるということができる(18)。

この「純粋疎外」の概念はとくにわかりにくい。それはフッサールの「現象学的還元」とはちがって〈身体〉も〈環界〉も排除するものではない。むしろハイデガーのいう「現存在」に似ていると吉本はいうが、「現存在」とは「心的経験流を排除することによって残される現象学的な残余の本質(19)」であり、けっして「純粋疎外」と同じではない。

(17) 『吉本隆明詩全集5　定本詩集』一九ページ。
(18) 吉本隆明『改訂新版　心的現象論序説』一〇四―一〇五ページ。
(19) 同、一一三ページ。

「原生的疎外」のほうは動物においてもあらわれる。空間を飛翔する鳥の感覚であれ、遠くにあるものをかぎつける犬の嗅覚であれ、それらは生体に固有の特異化された「原生的疎外」にあたる。これに対して人間に固有の疎外領域を考えなければ人間だけにあらわれる精神の異常を定義することができない。「純粋疎外」は「原生的疎外」からの「**ベクトル変容**」であり、そこには「固有の」の時間性と空間性があらわれる。

動物にも人間にも「原生的疎外」はあらわれるが、「純粋疎外」は人間に固有の次元として、あたかも先験的であるかのように成立し、それに固有の時間と空間があり、その時空間になんらかの障害が発生するとき、精神の病理はあらわれる。「原生的疎外」だけでは精神の病理を説明できないということが吉本の大きなモチーフだったにちがいない。「原生的疎外」は、あらゆる動物そして人間にも、生存すること自体の矛盾として原生的に含まれる。しかし精神病理は、ただこの疎外によっては説明できないのだ。それにしても「ベクトル変容」という言葉の意味についてほとんど説明はないし、あとで吉本は「ベクトル（原生的疎外）－ベクトル（純粋疎外）＝関係意識[20]」のような等式をかかげてもいるが、このときも「関係意識」とは「対象世界」に対する関係の意識である、ということ以外に説明がないのだ。

ここでも吉本は精神病理学的問題をはるかにこえて哲学の心身問題に、あるいは先験的なものと経験的なものというカント的な問題にまでふみこんでいる。しかし既成の哲学を参照しながらも、ほとんどの場合これらに対して批判をもっていたので、彼自身の哲学をもう少し厳密に述べなければば、この心的現象論は確実な提案になりえなかった。

はじめに吉本は、心的領域が時間性として身体ともつかかわり（衝動、感情、理性）と、空間性として環界ともつかかわり（五感）の対応や序列に異変が生ずることを精神の病理と考えていた。しかし先の等式をかかげた部分では、少し別の説明を試みている。

時間性と空間性が等質的であるような心的領域において異質な了解作用があらわれることが「病理」であるというのだ。それはまた心的な現象や表象や行動が、「〈身体〉の時間化度の外で了解されることである」。身体と心のかかわり（内官）は時間性として、衝動（本能）から理性にいたるまで形式化され序列化されている。そのような形式・序列に混乱が生じるとき、体験は自己統御の枠を失い、心に生起することはあたかも外から強制されたもの（妄想、幻覚）のようにあらわれる。

ここでも注意深く読めば、かなり繊細で重要なことが言われていると感じる。しかしあいかわらず定義不十分な用語が反復され、二重の「疎外」として定義された心的現象の内容には入りこめない。それが『序説』として準備的思索にすぎなかったなら、基本的な問いと概念と方法が提示されたあとにはさらに厳密な『本論』が続くことを誰しも期待したくなる。しかし『本論』の展開はけっしてそのようなものではなかった。結局『序説』の論考のほうがずっと原理的、論理的で、抽象度が高かった。

（20）同、一三六ページ。

4　心的現象論の展開

『心的現象論本論』は「身体論」のパートからふたたび精神病理の思索を再開している。メルロ＝ポンティ「幼児の対人関係」（『眼と精神』）を引用しながら吉本が結論しているのはこんなことだ。

いっさいの了解の系は〈身体〉がじぶんの〈身体〉と関係づけられる〈時間〉性に原点を獲得し、いっさいの関係づけの系は〈身体〉がじぶんの〈身体〉をどう関係づけるかの〈空間〉性に原点を獲得するようになる。[21]

ここでも自己の身体との関係を〈時間〉として、身体と環界との関係を〈空間〉として考えて『序論』の見方を踏襲している。しかし次には「関係論」のパートが続いて、心的現象論の力点は〈関係〉のほうに移っていったのだ。

人間が心的にもつ〈関係〉は、じぶん自身との〈関係〉、じぶんと〈他者〉との関係、じぶんと世界（環界）との〈関係〉というように類別することができる。じぶんと世界（環界）との〈関係〉というばあい、世界は〈事物〉で〈象徴〉されてあらわれるといってよい。このような諸関係が、質的なちがいとしてあらわれるのは、いうまでもなく〈関係〉について自覚的になったときか、自覚を強いられたときである。すでに、人間にとって原初の共同体が成立したときに、この〈関係〉の渦中にあったから、かくべつに新しい〈関係〉ができるのではない。ただ、何にたいして、どう〈関係〉するか、について特別に自覚された〈関係〉に入りこむときに、〈関係〉は〈ちぐはぐさ〉となってあらわれるといってよい。逆に、〈ちぐはぐさ〉の体験が、それに対応する〈関係〉に自覚を強いるものだといってもよい。(22)

そこで根源的な〈関係〉とは自己の身体との関係であると述べながら、たとえば夏目漱石の〈妄想〉は身体との関係づけの失敗からあらわれる、と吉本は説明するのだ。この「関係論」は、とりわけ〈うつ病〉の考察にあてられている。〈うつ〉の状態では、〈関係〉そのものの意識が自己と身体とのあいだで肥大し、そのかわりに自己の存在の空間的な知覚が縮小してしまう。こうして「意識が身体にめり込んでしまう」ような状態が「うつ」であるというのだ。

『序論』では、はるかに図式化を重視して理論的思索を徹底しようとしていたが、ここで吉本は、フロイトの「メランコリー」の分析も、あるいは彼自身の「共同幻想論」の考察も、あるいは脳科学の成果さえも援用して「うつ」を多角的に考察している。

(21) 吉本隆明『心的現象論本論』文化科学高等研究院、二〇〇八年、七三ページ。
(22) 同、一一六ページ。

フロイトにとって「うつ」とは「ナルシズム的退行」の現象であり、自我の一部が別の自我を極端に排斥するようになるという事態だったのだ。そしてまた〈うつ〉が軽症化し、慢性化しているという現代社会の状況についても「共同幻想」というファクターを介入させて吉本は語っている。「社会は〈わたし〉の心域にたいして、物質力として直かに働きかけるのではなく、共同幻想としてのみ〈わたし〉の心域に働きかける。個体はどれも社会の共同幻想を、自己の意識として、〈わたし〉の心域に関係づけるかぎりは、そしてこの自己意識に忠実に振舞うかぎりは〈うつ〉状態のなかに投げだされる可能性の存在である」[23]

つまり、吉本はここで〈うつ〉の構造的原因を個体の心的構造（幻想）として、またフロイトにしたがい「対幻想」の次元（ナルシズム的退行）として、さらには共同幻想の作用としても説明していることになる。そもそも三つの幻想次元の混同や短絡を批判することが吉本の思想の重要なモチーフであったことはすでに問題にしてきた。それは誰よりもまずフロイトに対する批判だった。そしてフロイト左派と呼ばれる思想家たちは、精神分析が明るみに出した無意識の〈抑圧〉をそのまま社会的抑圧としてとらえて社会解放や革命の思想に結びつけた。しかし、リビドーの抑圧はあくまでも「対幻想」の次元のことで、それをじかに社会的解放の問題に接続することはできない、と吉本は考えた。ドゥルーズ＝ガタリの『アンチ・オイディプス』の主張も、吉本にとってはそのような混同を含んで、社会的抑圧や解放の理念と短絡した欲望論であり無意識論であるにすぎなかった。[24]

しかし、いずれにしても「幻想」は敷居をこえ、さまざまに連結され分離され、また連結されることを繰り返す。それが幻想の特性でもあるのだ。そして「心的現象」を一律に「幻想」という言葉で置きかえることに、すでに大きな問題が含まれていた。たとえば仮にそれを「欲望」という言葉で置きかえてみよう。欲望は性の次元をはるかに逸脱して、自我のなかにも共同体のなかにも流れを分岐させ、拡張していくのではないか。人間という種の生命が進化の果てに意識、観念、言語を手に入れる過程とは、そのまま男女の生殖活動にも集団の生産活動にもかかわり、それらを編成しては解体し、異質な次元や要素を迎えてはまた編成するような過程である。まさにそのなかで性の表象や行動も、集団の意識や制度的実践も新たな形式をえて出現する。個体の意識、つまり人間の主体も、そのように複合した過程のなかであくまでも相対的に形式をえて結晶するだけだ。そして性的欲望や集団の力関係は、それぞれの主体（性）の構成要素にもなっている。個体と対（家族）と共同性のレベルに画然と分割される「幻想」によって世界をとらえるような吉本隆明の発想に対して、いつしか私はものすごく違和感をもつようになっている。しかし、そういう発想にどんな意味があったのか、いまもありうるのか、それを考えることを性急にあきらめようとは思わない。

そこで心的現象と精神病理についても、じつに多くのことを根本的に考えなおす必要があるにち

---

(23) 同、一八八—一八九ページ。

(24) 吉本隆明「『アンチ・オイディプス』論——ジル・ドゥルーズ、フェリックス・ガタリ批判」、『吉本隆明全集撰3 政治思想』大和書房、一九八六年、所収。

がいない。もちろん吉本の「心的現象論」も、そのような試みの貴重なひとつとして読みなおし、他の数々の思想的試みに照らして、いまもめざましいことは何かを考えなおしたいのだ。

5 フーコー、ドゥルーズのほうから

そのため、少し吉本から離れて振り返ってみよう。ミシェル・フーコーの初期の著作『精神疾患とパーソナリティ』（一九五四年、後に『精神疾患と心理学』として書き直された）は、精神疾患の〈学〉がどのように形成されてきたか、その歴史を考察する試みだった。まず精神の病理が身体の病理とどのように関連づけられていたかをフーコーは考えた。西洋近代の医学は身体の病について、その「疾患、症候、病因」などの認識をできるかぎり厳密に体系化しようとしてきたので、そういう知の傾向は、精神の病にもおよぶことになった。「うんざりするほど」の議論が続いて、身体と精神を同じタイプの「医学」で論じることができないことがやっと認められるようになる。つまり「精神病理の根」は「人間自身についての思索のうちにしか存在しない」からである。また「心理学」が発達したにしても、「生理学が〔身体の〕医学にもたらしたものを、心理学は精神医学に提供することができなかった[25]」からである。

フーコーのこの小著は、もちろんたんなる学説史に終始するのではなく、後に『狂気の歴史』に結実する彼独自の思想を準備するものだ。とくに第二部「病の条件」は、改訂された『精神疾患と

心理学』では「狂気と文化」とタイトルを変えている。その第一部「病の心理学次元」で、フーコーはまさに「人間自身についての思索」なしには精神疾患を解明することができないという立場に立って、ビンスワンガーやヤスパースを評価し、「現象学」や「現存在分析」の発想によりそいながら、しだいに彼独自の観点を鮮明に浮かびあがらせる。いまここでフーコーの書物をとりあげるのは、これと対照しながら吉本の「心的現象論」の方法がどんなものであったのか再考してみたいからである。

若いフーコーは、機能の「喪失」として精神疾患をネガティヴにとらえる発想を批判している。この批判は、現在にいたるまで精神医学が抱えている根本的傾向にむけられたものだといえる。

> 精神の病理学を、機能の〈喪失〉という文脈で考えるのは、単純化しすぎである。病は単に意識の喪失ではないし、なんらかの機能が眠り込んだことでもないし、ある能力が鈍くなったものでもない。一九世紀の心理学は、抽象的にものごとを考えていたため、このように病を純粋に否定的に記述する傾向があった。当時の病の症候学はごく簡単なものだった。失われた機能を記述し、健忘症においては忘却された記憶の数々を列挙し、二重人格においては、どのような総合が行えなくなったかを、こと細かに説明するだけだった。しかし実際には病は、消去するとともに、強

(25) ミシェル・フーコー『精神疾患とパーソナリティ』中山元訳、ちくま学芸文庫、一九九七年、二九―三〇ページ。

調するのである。病は一方では廃絶するが、他方では強める。病の本質は、これによって生まれる空虚だけではなく、この空虚を埋めるために訪れる活動のポジティヴな充実の中にもあるのである。[26]

もちろん「ポジティヴ」とは、必ずしも〈よいもの〉とか〈幸福な〉とか〈創造的〉とかを意味するわけではない。しかし精神疾患は、たんに空虚、欠如、喪失といった言葉では説明できない異変であり、たとえこのとき強められる傾向は〈断片的で単純なもの〉であるにしても、それは失われた傾向を補って充実させようとする。「〈ここ〉と〈今〉において配置される空間的・時間的な一貫性が崩壊し、連続した〈ここ〉と、島のように孤立した〈今〉の瞬間のカオスだけが残される。単純なものが複雑なものに対立するように、病のポジティヴな現象がネガティヴな現象に対立するのである[27]」。そのような意味で患者がどれほど病んで見えようとも、彼（彼女）はそれぞれの状態においてみずからの精神宇宙の構造を再建し、「意識と地平の生きた統一」を確保している。

フーコーのフロイトに対する評価もまた、やはり両価的である。はじめて「リビドー」をめぐる幼児の発達過程を考えたこと以上に、「人間の心の歴史的な次元」をとらえたことに彼はフロイトの天才を認めているが[28]、この場合歴史とは、さしあたって個人史という意味なのだ。しかし発達と退行というフロイトの概念は、一般にすべての人間の発達過程に精神疾患の素因がひそむことを説明するだけで、患者がなぜ、ある時期に発症したのか個々のケースを説明することができない。そこで病める人物の「個人史」を解明しなければならない。「青年期の恐怖症の原因が、幼年時代の恐怖であったというだけでは不十分である。こうした根源的な恐怖と病的な症状の背景に、それらに意味のある統一性を与えるような同一の様式の不安をみいだす必要がある[29]」

そのように個人史にもとづく心的構造を「了解」する方法はけっしてフーコー自身が見いだしたのではなく、ビンスワンガーの「現存在分析」が、またヤスパースの「間主観的な了解」がすでに提示したものだった。「この了解という方法によって、患者がその病を生きる体験——患者は、病める個人、異常な個人、苦しむ個人として、どのようにして自ら生きているか——を復元するとともに、この病という意識が開かれる病的な宇宙（病が目指し、同時に構成している宇宙）を復元する必要があるのである[30]」。まさにここに言われる「了解」compréhension という言葉にこめられた内容が、フーコーの論考の前半部分の核心になっていたのである。

精神の病は「解剖学」や「生理学」によって客体化されうる身体の異常ではなく、あくまでも異常を生きる主体と、その異常を把握する別の主体とのあいだの〈認知〉に対して相関的である。そ

（26）同、四〇ページ。
（27）同、四一ページ。
（28）同、六四ページ。
（29）同、九〇ページ。
（30）同、九二ページ。

のかぎりで精神疾患の「了解」とは、心理学によって対象化された精神の欠損状態にも、幼児の発達過程にも疾患を還元せずに、異常をあらわすようになる個人史を慎重に見きわめる作業であるべきだ。そして吉本もまた、『心的現象論本論』では「了解論」と題したパートを長いあいだ書きつづけるのだ。「了解」とは何か、吉本はこう書いている。

ある事象への働きかけ（それが放心であっても没入であっても）が、事象ごとに異なった時間体験をもたらすとすれば、事象への働きかけによって、事象を把握したり、変形したり、理解したり、包みこんだり、感じたり、といったかかわり方が、時間性に根拠をおいているということである。この事象へのかかわり方を包括的に**了解**と呼ぶことにすると、**了解**は、いずれにせよ時間的な所与であるということができる。〔…〕わたしたちは、そこで、事象へ働きかけたとき、事象がわたしたちにやってくる仕方のすべてを、**了解**という語であらわすことにする。(31)

了解の時間性のゆるぎない原基をもとめるとすれば、身体にたいする自己了解の時間性にもとめるよりほかにない。(32)

すでにみたように、「現存在分析」の了解の方法に関心をよせながらも、吉本はけっしてそれをすんなり受け容れたわけではなかった。ここで「了解」は、環界の知覚としての空間性よりも身体に対して相関的な「時間性」にひきつけられている。吉本はけっしてフロイトの自然主義を、ビンスワンガーのようには批判しなかった。むしろビンスワンガーの形式主義（「人間の存在を、現に存在する有意味的な世界内の綜合だとする徹底的な形式主義」）に対して批判的だった。しかし『心的現象論序説』から『本論』の「了解論」にいたるまで、とくに症例を分析するときには「現存在分析」に近い観点で、しばしば時間・空間の異変について考えたのだ。

フーコーが説明したように、脳のメカニズムにも身体の生理作用にも、また精神分析的な発達過程の図式にも精神疾患を還元することができないと考える立場にとって、「現存在分析」は画期的だったにちがいない。それは「ポジティヴ」なものとして症例を考え、精神の異変において患者がみずからの精神宇宙を積極的に再構築するプロセスに注目し、その個人史を「了解」しようとした。たしかにこのような方法は、もっとも注意深く心的現象の異常にせまるものだったにちがいない。

しかし、フーコーはこのような「了解」の方法の正当性を擁護することで終わるわけにはいかなかった。やがて『狂気の歴史』として結晶する彼の探求は、精神疾患の実態を究めて「了解」するという方法からも離脱し、別の認識の地平を開かなければならなかった。問題の本質はまったく別のところにあり、精神病理という事実の〈根源〉は別のところにあると彼は考えるようになった。

（31）吉本隆明『心的現象論本論』二一七ページ。
（32）同、二一九ページ。

フーコーは「狂気」の要因をますます歴史と社会にむけて開いたものと考え、そこに「出現の条件」を問うようになるのだ。しかしけっしてそれは、たんに狂気（精神疾患）を社会的歴史的抑圧に起因するものと考えるような発想ではない。フーコーの思考の転換は根本的だった。まだ「現存在分析」を厳密に読解し評価する哲学的思考の跡が見える『精神疾患と心理学』の再版をもはや認めず抹殺してしまおうとしたほどだ。「本書の第一部では、患者のおかれている人間的な環境に、その現実的な条件があることを考慮せずに、病の心理学的な次元について検討してきたのだった(33)」。このことが理由だったにちがいない。

その大転換は『狂気の歴史』によって十全に示されているので、いまは吉本の『心的現象論』を再考するために必要なかぎりで『精神疾患とパーソナリティ』の後半を読みなおし、フーコーのもたらした「転換」を思い出してみよう。

われわれの心理学者や社会学者は、患者を逸脱者とみなし、病的なものの起源を異常なもののうちにみいだそうとするが、こうした分析はなによりも、社会的なテーマを投影したものである。現実には、その社会の成員が示す精神疾患のうちに、社会は自らをポジティヴに表現するのである(34)。

またしても「ポジティヴ」という言葉が使われている。たしかに精神疾患の症状そのものがすでに欠損や空虚ではなく、充実であり再構築のプロセスなのだ。と同時に、社会は抑圧によって欠損や空虚をつくりだすのではなく、狂気に対処するにあたって何かを積極的（ポジティヴ）に構成し表現するとフーコーは考えた。フーコーは、精神疾患（狂気）がいかに知の対象として構成され、特別な監禁や治療の対象となったか、ということを問いながら、やがてこの問いに『狂気の歴史』によって答えようとする。狂気とは何かを精神の自立的構造のほうから内在的に分析しようとした『精神疾患とパーソナリティ』の前半の発想から比べれば、まったく方向転換し、精神病者を観察し監禁する〈制度〉の細密な歴史に焦点を移した、と端的にこの転換を説明することもできよう。性急に理解すれば、フーコーは狂気の人文学的研究から、狂気の社会科学に転換した、といってすますこともできるだろう。実際にフーコーの哲学的転換は、しばしばそのように理解され、応用されてきた。

たしかに、狂気にとって問題なのは社会なのだ。しかし社会が「自らをポジティヴに表現する」ということに関してはかなり注意深くせまらなければならない。フーコーはけっして精神疾患の認識を社会科学にシフトさせようとしたわけではないし、無意識のなかにおしよせる社会的抑圧によって症候を説明し、それからの解放を唱えたフロイト左派に与したわけでもなかった。彼自身が語

(33) ミシェル・フーコー、前掲書、一四〇ページ。
(34) 同、一二二ページ。

っているように、問題はむしろ精神病理学に「唯物論」を導入することだった。

精神疾患の原因を社会に、また社会（そして家族）と個人との関係に求めるような認識は、けっしてフーコーがめざしたものではなかった。むしろ精神疾患が「疾患」としてあらわれ、心理学や医学の対象となる社会的条件を問うたのだ。つまり社会が狂気の原因であるというよりも、むしろ社会が生産し構成するものが狂気なのだ。そして狂気をめぐる〈心理学〉さえも社会的生産であるということがいえる。フーコーの立場は最後には手厳しい心理学批判となった。ほんとうに狂気について考えようとするなら、心理学はまず「自らの固有の条件に手を触れ、心理学が可能になった条件に立ち返り、本来の定義からして、乗り越えることのできないものを確定する」[35]ことが必要になる。「心理学が狂気について真理を語ることはありえないだろう」

吉本隆明は、社会という共同幻想の次元と、精神分析のおもな対象になる対幻想と、個体の幻想の場を厳密に分かとうとして、それらを混同したり短絡させたりする思考を批判した。その批判には強いモチーフがあった。とくにフロイトが発達段階の男女の対（性）においてあらわれる幻想の分析を社会や歴史の場面にそのまま適用したことへの批判は「共同幻想論」の中心のモチーフとなった。それぞれの次元について吉本はまさに「幻想」を問題にし、共同の幻想として国家を考察したが、「幻想」を問題にすることによってまさに心理学的な人間を考察の中心にすえることになった。

もちろん社会はたんなる幻想ではないし、また一元的に下部構造によって決定されるわけでもない。しかし幻想や心理さえも、やはり人類のさまざまな生産物として複雑な連鎖をなしている。幻想も心理も、身体も行動も、ある巨大な果てしない連鎖のなかで特定の幻想や行為としてあらわれ、社会的集団的主体や、家族やカップルにおける主体や、孤立した個人という主体としてあらわれてはたえず動揺し、変容し、相対的に固定されたりもする。

　吉本の思索において、世界はおおむね固定した幻想のブロックの積み重ねとして、静的にとらえられることが多かった。しかし分離され固定した幻想を横断し、幻想的観念的生産から物質的行動的生産にわたって、たえず敷居をこえて連結を新たにしていく異質な要素の突然変異的アレンジメントを考えるような発想もありうるし、必要でもあるのだ。それには固定した境界をもつ静的な幻想の世界という前提と、それに対応する静的方法を見直さなければならない。これは吉本への批判である以上に、私自身にとってずっと気がかりになってきた事柄なのだ。

　そしてフーコーの歴史的な唯物論的方法とはかなり異なっていたとはいえ、あらゆる次元を横断して切断や連結を増殖させるリビドー的な生産を考えながら、精神分析の還元主義を激しく批判する『アンチ・オイディプス』（ドゥルーズ＝ガタリ）のような発想もあらわれた。これに対しても、吉本はさっそく抵抗するしかなかった。それは彼にとって、欲望をおしなべて社会的な次元に還元するという意味でフロイト左派に似たもうひとつの暴力的な還元主義でしかなかったからだ。問題

（35）同、一六七ページ。『精神疾患と心理学』で改稿された第五章から。

は、ここで〈社会〉とはこれらの思想にとって何か、である。社会とは、すべての価値をそこに還元できるような不動の、一様な構造をもつ実体であるのかどうか、である。

そこには吉本の一貫して静態的な史観というものが背後にあったように思われるのだ。アフリカ的な部族社会には暴力、戦争、あらゆる象徴世界、神話や演劇、遊戯や音楽やダンスがあり、人類学者はそれらすべての動的側面に関心をむけることになるが、『共同幻想論』の民俗や神話の世界において吉本は、集団の幻想にひたる入眠状態や家のなかに引きこもっておこなう収穫や世襲の儀礼といった〈アジア〉の静的側面にとりわけ注目することになった。もちろん、この静態的な関心と思考法に吉本のモチーフも独創も結びついていたし、それによって吉本はある包括的な発生のイメージをつくりだすことができた。しかし変化する世界と歴史のリアリティはあくまでも動態的であり、それを静的全体のイメージでトータルに理解することはきわめてむずかしい。

6　大洋の精神分析

『心的現象論本論』中の「了解論」の一九八三年から八七年ごろに連載された部分には、新しい主題があらわれる。吉本はパラノイアの妄想をフロイトとラカンにしたがって考察しながら、幼児と母、そして徐々に胎児と母との関係への関心を強め、『母型論』（一九九五年）の思索としてそれを拡張していくのだ。『序説』から、おもにうつ病をあつかった『本論』の「関係論」のパートまで、自然の生成のなかにあるリビドーの過程として「心的現象」をとらえる発想を吉本はいつも視野においていた。とはいえ『序説』では、とりわけ「純粋疎外」としての心的領域の構造を、身体との関係としての時間性と環界との関係としての空間性というふたつからなる座標軸に配置して考察し、さまざまな症例を定義しようとしてきた。しかし「了解論」でパラノイアの分析を始めてからは、そのような時間・空間の図式は影をひそめてしまう。吉本の思索は、ほとんどフロイト主義者のように〈発達過程〉に集中し、乳児ばかりかやがて胎内の生命にまで考察をひろげ、さらには生物進化の歴史にまで発想をひろげていくのだ。フロイト主義といっても、徹底的にフロイトと異なっている点は、ほとんど父が不在で、したがって〈去勢〉の問題もないかのように母性をめぐる精神分析を試みているということだ。

> パラノイアのあるばあい、つまり監視妄想や追跡妄想において、不明の彼方からやってくる視線の権力が、たえずじぶんの挙動を監視し、自分の挙動を報告したり、先ばしって予言したりする声を聴かせたり、ばあいによっては斯く斯くのように行動すべきだと命令したりすることがあるばあいに、その声や視線は、乳胎児の母親を暗喩する声や視線であることを意味するといえよう。(36)

(36) 吉本隆明、前掲書、三八四ページ。

乳胎児期のパラノイア患者が、受動的な〈性〉として、いわば栄養摂取による〈生命〉の維持と、母親からの能動的な〈性〉の働きを待ち望んでいるのに、母親の方は、栄養補給でも、乳房や全身による〈性〉的な接触でも、冷たくつき放したり、焦燥感を抱かせたり、というような障害をしばしば与えた。そればかりではなく、しばしば身体的なあるいは情念的な折檻を与えたりして、視えない権力のように振舞うことがあった。そういうことを暗示しているようにおもわれる。監視したり追跡したり、パラノイアの挙動をひとつひとつ当てこすったり、ときには命令じみた言葉を仕掛けてくるのは、乳胎児期の母親の像を負託された自己分割の聴幻覚なのだといえよう。[37]

強大な母親を前にしているとき、男児も女児も等しく観念として女性であり、この乳児の世界は「濃密な「女性」性」に覆われている。この女性的な均質性は、「未開人」の心性と結びつきうる。たとえば不吉とされているフクロウの泣き声が隣家から聞こえたのは偶然ではなく呪いであり、隣人を殺すしかないと思うような傾向である。強大な母の前で、みずからも女性化して無差別の同性愛的状況と合体するところに、さまざまな妄想が形成されることになる。この均質性（無差別性）を、吉本はパラノイアの形成についてことのほか強調しているのだ。パラノイアでは母の視線が他者一般の視線となり、世界の視線となり、同時に自己の自己に対する視線となって、異様に均質な構造をつくりあげていることになる。

さらに吉本は臨床心理学の指摘を受けて、乳児ではなく胎児の世界について考えている。精神病の兆候にほかならない「虚ろな放心的まなざし」は「胎内への幻想的復帰の状態といえる。子宮内は孤独な闇の世界である」（福井康之『まなざしの心理学』）。こうして吉本は精神分析の発想を胎児の時間にまで遡及させ飛躍させるのだ。透視された胎児の動きを観察すると、母親の精神状態に呼応して胎児が「身体をこわばらせたり、姿勢や胎内の場所を変動させたりするのがわかる」。「そしてこの胎児の挙動の変化のじっさいの態様が、母親自身の喜怒哀楽にともなう、母親自身の身体器官や筋肉の緊張や収縮や弛緩とは別個の、構造をもった挙動を示すとすれば、その差異が胎児の心的な原生層に対応している[38]」

さらにT・バーニー『胎児は見ている』によれば、胎児は母体とのコミュニケーションを通じてすでに「肉体的にも精神的にも十分成熟して」いるという。吉本はこれを受け容れるばかりでなく「胎内学習」について書かれた書物（ジツコ・スセディック『胎児はみんな天才だ』）まで引用して、胎内過程における母子のあいだの前エディプス的段階を考えようというのだ。そしてこの考えを三木成夫『胎児の世界』にまでつなげている。胎児が生物進化のあらゆる過程を通りぬけた末に誕生するという三木の発生論にしたがって、「心的現象論」は人間の心の世界から急速に逸脱し、まるで

(37) 同、三八五ページ。
(38) 同、三九六ページ。

ガイア理論のような地平に遠大な軌道を描いていく。そして「大洋のイメージ」として母を、母親とのかかわりを位置づける。

ひと口に「神」の代りに擬人化され、命名されたすべての「自然」の事象と現象が登場し、「父」の代りに胎乳児に反映された「母」の存在が登場するところに、わたしたちの大洋のイメージがある。(39)

わたしたちは大洋のイメージの世界を、ソシュールのシニフィアンやラカンのシニフィアンの意味づけを拡大した「父」の世界のエディプス複合とはちがい、「母」と(胎)乳児との関係から発生した心と感覚の錯合した前意味的な芽ばえをもった世界とみなしてきた。(40)

こうして「分裂症」(統合失調症)も、もはや心的現象の時間と空間の構造的異常ではなく、母とともにある「大洋的段階」からの脱落によって説明されるのだ。「ひとつは、患者がじぶんを〈母〉と同一化するために自我がじぶん以外の性的な対象にむけるすべての欲動のエネルギーをじぶん自身にむけ、完備したナルチシズムをつくりあげることだ。もうひとつは圧倒的な〈母〉のナルチシズムから追いつめられてエロスの欲動を〈母〉から受給されるほかなくなった乳(胎)児の状態に自我を追いこむことだ」(41)。このような大洋、または大洋的母は「母音」でもあって、吉本は言語についても大洋的段階を想定しながら日本語の生成を考えている。

そして何よりもまず〈母の胎内にあること〉が大洋の状態であるならば、幼児が「去勢」に出会うこと以上に、むしろ分娩の際に決定的な暴力（「根源的なＮＯ」）が体験されることになる。母体からの分離によって、さらに誕生してからは恐るべき支配者である母によって二度、最後に父によってもう一度、幼い生は去勢を受けることになる。人間としての生誕が大洋との別れ、疎外と不幸と狂気の始まりであり、それ以前には満ち足りて大洋の波に揺られる悠久の時間がひろがっている、といったイメージが吉本の壮大な心的現象論の到達点だったのか。そうだとすれば、それはかなり奇妙な転回だったといえる。初期の吉本のあの「関係の絶対性」というペシミズムを思い起こすだけでもいい。

精神分析の鬼っ子ともいえる挑発的な冒険者ウィリアム・ライヒは、まさに生誕を陰鬱な抑圧の始まりと考えたのである。精神分析のテーマは〈抑圧〉にほかならぬとすれば、精神分析によって、全人類が生誕とともにたちまちフロイトの患者になってしまうかのようだった。そんなことを言うライヒをまともにあつかったことがない吉本は、『心的現象論本論』でライヒのインタビューを長々と引用している。ライヒは母なる「大洋」から放り出された新生児に加えられるあらゆる暴力、

(39)　吉本隆明『母型論 新版』思潮社、二〇〇四年、四八ページ。
(40)　同、五〇ページ。
(41)　同、八五ページ。

割礼、情動の欠乏を批判し、やがて人間を襲う鈍感、無気力、無関心を、怒りをもって弾劾する。「精神分析家はそれについて何も知ろうとしません」(42)。言葉をもたない新生児は、ただNOと表現するだけだ。しかし巨大なあきらめの体制がNOとして立ちはだかる……。ライヒの考えに意外なほどに共感しながらも、最後に吉本は、ライヒの見たこの世界の「地獄」は乳胎児の「母親との関係とその転写」の問題に帰するとして、そもそもライヒを評価しようとした出発点のモチーフにもどっているのだ。

(42) 吉本隆明『心的現象論本論』四四六ページ。

B　「現在」から遠ざかる方法

1　臨死体験と大洋

この本で私は文芸批評家・吉本隆明の作家論や作品論の仕事を振り返ることよりも、おもに彼の原理的な思考が全体としてどのような軌跡を描いたかを再考するように進んできた。とりわけ『書物の解体学』や『悲劇の解読』は、原理論的な三部作とはまたちがった意味で三部作以上に私が愛着を覚える本なのだが、もちろんそこには三部作の成果がさまざまに変奏され、コンパクトに織りこまれているからこそ読み応えがある。

『心的現象論本論』の連載（一九七〇―九七年）には、後期の吉本があつかうほとんどすべての主題が素描され、ときに他では披瀝されなかった形で書きこんである。それは彼の思索の試行錯誤のためのアトリエのようなものでもあったにちがいない。「心的現象」の思索は、しだいに〈母〉を焦点とする精神分析をひとつの本質的な主題として、そのまわりをゆるやかにめぐっていくようになった。そういう発想が『母型論』（一九九五年）という一冊にまとめられて言語における〈母音〉、人類学における〈母系〉、胎児から幼児の発達過程における〈母〉へと連環を形成していた。

吉本の思想の多くの部分が起源や発生の探究であったことは明らかだ。『言語にとって美とはなにか』では、言語の起源が最重要なテーマではないにしても、言語がただ指示すべき対象と一対一に結びつく声音より以上のもの、つまり「分節言語」になるには「自己表出」として意識に刻印される「強度」が必要であることを彼は述べている。これによって言語は即自である以上に、言語の意識として対自であるような構造となっているのだ。こうして「自己表出」は、まず言語の発生的場面において考えられた。

このような発想の延長上で、『初期歌謡論』においては日本語の詩歌のもっとも古い形態は何かと考えながら、日本語そのものの起源的形態を思い描いたのだ。また『心的現象論本論』最後の文章は琉球古語、万葉集の日本語、アイヌ語などを比較しながら、日本語の最古の形態を探っている。そういう思索がこの領域で手堅く実証的な研究を続けてきた学者たちにとってどこまで説得性があったか、私は寡聞にして知らない。そんなふうに吉本の〈諸説〉を問題にしたら、古代の言語や共同体、あるいは臨床にもかかわる心的異常の考察にも同じ問いをむけることができるし、そういう検討を本気でやりたい人はぜひやってみたらいいのだ。

しかし、さしあたってそれは私の問題ではない。私の関心はあえて簡潔にいうなら、あくまで吉本隆明の発想の次元にある。発想がめざましければ、その思想が正しいことにはならない。しかし発想のめざましさは、それ自体で、それだけに属する正しさをもちうるのではないか。

そして言語論的探求のあとの『共同幻想論』は、これもやはり国家の、天皇制の、そしてひいてはおよそあらゆる共同体を成立させる集団精神の構造を考えるという試みだったのだ。

著作としてはそのあとに書かれる『心的現象論序説』でも、心的現象は自然からの「原生的疎外」によって出現するとされ、ここでも吉本の発想は人間的生の〈発生〉にむかっていた。そして発生状態の起源を考え、規定することは必然的に困難であり、不可能なのだ。それは再現することも実証することもできない。吉本の発生論的探求はそういう意味で本質的な困難をかかえた冒険であったといえる。もちろんそれが困難で、不確実で、危うい試みであることは彼自身がわかっていたはずだ。吉本の発生論（起源論）は、けっして起源はこれだと確信をもち確定するような思考ではなかった。むしろしばしば紋切り型や集団的作為（イデオロギー）として定着しがちな、そして学者や知識人までが共有してしまう起源像（「日本という国は本来……である」）をさかのぼって、その前（「国家以前の国家」）の形を少しでも素描することができれば何かが達成され、同時に解体されてしまうのだ。

晩年の吉本は、心的現象論を〈母型〉や〈母系〉や〈母胎〉のほうに収斂させるかのような思考を示しながら、いくつかの領域で起源論を継続し、それを〈死の思考〉によりそわせる。そんなふうにして意識や自我の輪郭を溶解させ、無意識の形態さえも母性という「大洋」に散逸させるかのような思考の形が徐々に浮かびあがってきた。「大洋」とは生死の時間を包みこむ自然の反復でもある。
吉本はそのような文脈で〈臨死体験〉について考えるようになった。瀕死にいたる事故や自殺未遂のあと蘇生するという体験をした人々の報告には、自分の精神が身体から離れて浮遊し、自分の身体と自分をとりまいて介抱しようとする人々を上方から俯瞰しているという〈体験〉がしばしばあらわれる。吉本は、とりわけこの臨死状態の視線にこだわった。そういう心身分離や浮遊や視線の体験が何を示しているのか考えながら、最後に彼は出生の場面にたどりつき、生死の円環を描くのだ。そしてこのような分離や浮遊の体験は、チベット・ラマ教などの密教的な身体技法として存在する「意識の減衰状態で体験される自己像の客体化と幻覚の過程」とも共通点があると考えた。[1]
これらの分離・浮遊の体験について吉本が結論として書いているのは、こういうことだった。

この幻覚様の体験像を逆行的に対応づけるとすれば、原始的な仏教や密教がやっているように母胎内に存在する状態から、胎児が母胎から分離する(分割する)までの状態に類比するよりほかない。その幻覚のところで自己は自己身体像との分離の像を最初に体験するとみなされる。このばあいに自己像の一方は置き去られる母親であり、また環界としての母胎と未分化な状態になっている。〔…〕死または瀕死のときの視覚的な幻覚像の体験と死後遊行の体験は、いわば〈性〉として閉じられ完備されることから疎外された汎〈性〉的な像の世界を表象している。[2]

「疎外された汎〈性〉的な像の世界」とはまさにあの「大洋」のことであり、母胎のなかの胎児の「原生的」状態のことでもある。こうして吉本は〈母〉に収斂する心的現象論を〈死〉と接着し、生死の大きな円環を描いている。

そしてこのように母胎という「大洋」に溶けていた生命が分離し浮遊し、個体となり主体となる過程はまた、思想家としての後期に吉本が繰り返し語った「世界視線」に、そしてそのような視線の前にあらわれる「イメージ」に、またそのようなイメージと視線を出現させる資本制の変容にとつながっていた。母胎のなかの胎児、臨死体験、密教的身体技法、そして新たな資本制がもたらす視線（イメージ）を関連づけていくこの思索は、論理に飛躍が多く、奇想天外ともいえる。あの原理論的な三部作では、もう少し吉本は慎重に手堅く進んでいく印象があった。しかし、ここにも検討に値する発想や提案が数々含まれている。

2　一九八〇年代

根本では何ひとつ揺らいでいないとしても、一九八〇年代以降の吉本隆明の思索には大きな変化

（1）　吉本隆明『心的現象論本論』文化科学高等研究院、二〇〇八年、三二三ページ。
（2）　同、三五一ページ。

がみられる。それは彼をとりまく世界と時代の変容をたしかに反映していた。「心的現象論」の思索を続けながら、もちろん吉本は言語論と共同幻想論で考えたことを忘れてはいなかった。このふたつの思索は、現代の文学と国家を考えることを中心のモチーフにしながら、いつも言語と共同体の発生的場面への想像力とともにあった。発生はけっして実証的に解明しうるものではない。そこで、しばしばひとはあらゆるファンタジーを投影してまことしやかに発生について語ることができる。そして一方では、実証しえないことを理由に発生への思考が禁じられ自粛されてしまうこともある。しかし言語であれ国家であれ、いま現在の〈あり方〉は発生の痕跡をもち、発生の構造を何かしら反復しているにちがいない。だから発生にむけて遡行することは現在を考えるためにも必要なのだが、それには遡行するための注意深い方法をみつけなくてはならない。そして注意深いだけでなく、現在から離脱するための、ある大胆な発想も必要にちがいない。たとえば「道徳」の発生にむけて遡行しようとしたニーチェ(『道徳の系譜』)の試みはひとつの範例になりうる。それは人類学や歴史学のなしえない発想で道徳の発生を考えるもので、フーコーの権力論やドゥルーズの国家論にとっては示唆にみちたものだった。

吉本は、そのように発生の場面をにらみつつ原理的な思考を持続する一方で、現在の状況についても批評する営みを続けてきたが、やがて彼の思索の時間的ひろがりに変化が起きていたのだ。

わたしがいまじぶんの認識の段階をアジア的な帯域に設定したと仮定する。するとわたしが西欧的な認識を得ようとすることは、同時にアフリカ的な認識を得ようとする方法と同一になっていなければならない。またわたしがじぶんの認識の段階を西欧的な帯域に設定しているとすれば、超現代的な世界認識へ向う方法は、同時にアジア的な認識を獲得することと同じことを意味する方法でなくてはならない。どうしてその方法が獲得されうるのかは、じぶんの認識の段階からの離脱と解体の普遍性の感覚によって察知されるといっておくより仕方がない。(3)

そういう包括的な方法を獲得するのは至難の業にちがいないが、吉本は独自の道をたどって、たぶんそれを達成しつつあった。「発生」にむかって遡行する思考の時空は、言語(日本語)、国家(共同幻想)、そして心的現象(原生的疎外)に対してさらに拡張され、アジア(的段階)からアフリカ(的段階)に、さらに自然人類学のような領域にまでひきのばされた。そして一方『ハイ・イメージ論』の数々の論考が示すように、その思考はまた「超現代的」な次元に、つまり未来にもむかいはじめたのだ。『ハイ・イメージ論』のモチーフは次のように説明されている。

ハイ・イメージ論は『共同幻想論』の「現在」版というよりもその対称に位置していて、両方から「現在」を二つの箸ではさみとろうとしたという言い方もできる。そして「現在」から「現

(3) 吉本隆明『母型論 新版』思潮社、二〇〇四年、一一―一二ページ。

在」を超えた未知へゆくことと、「現在」から「段階」を導入し、それを経なければ到達できない過去の源初時代へゆくこととは、まったく同義であるというのが、さしあたってここでわたしのとった方法だった。いずれにせよわたしはここで「現在」から〈遠ざかる〉方法を造成したいということになる。(4)

発生についてまことしやかに語る作為を注意深く避けて遡行する方法があるならば、それはおそらく易者や預言者のようにではなく、未来について考える方法にもなりえよう。『ハイ・イメージ論』は、一九八〇年代に消費社会、ポスト工業社会、情報社会として急速に可視的になった資本制の変化を読みとくことを大きなモチーフにしている。『心的現象論本論』の後半と重なるテーマも多く、高度情報社会、現代資本主義、都市空間、ファッション、小説、童話、映画、音楽、舞踊、スピノザ・ライプニッツ・ヘーゲルの哲学、マルクス、ソシュール、宮澤賢治、古代日本語など縦横無尽で多岐にわたっている。それは『心的現象論序説』にいたる原理論的な思索をなしとげたあと、それの応用的実践のように主題をひろげ、また闊達な批評の文体を円熟させていく過程でもあった。

多岐にわたる主題のあいだで「イメージ」を考察しながら、吉本はそれぞれのイメージ論に対応する図表を数々提出している。しかし図表は、必ずしも考えを明確に視覚化し図式化するものではなかった。吉本の思考の抽象性に密着して図表は描かれたが、しばしばそれは抽象性をさらに抽象化するように描かれた。文学言語、共同幻想、心的現象にわたって原理的体系的思考を試みたあとの批評的思索は、それらの思考よりも複雑な襞をまし、屈折しながらうねるような文体で実践されている。けっして一所にとどまろうとしないその思索は、理論的であろうとしながら直感的感覚的で、しばしば論理としては把握しがたい。明晰にすることよりも問題の複雑さと錯綜に忠実によりそうようにして、問題の焦点をさがしあてようとする特異な実践になっている。そのように増殖させ、多様になった問題の地平を貫通する原理があるにちがいないし、いつもそれを手探りしているが、吉本はけっして問題を単純化せず、多様性をそのまま引き受けようとする。そのため読みがたいほどに文章も錯綜し浮遊しているのだ。

六十歳をすぎた吉本隆明は、けっして啓蒙的解説や教育的読解のためには書かなかった。自分を驚嘆させ混乱させ魅惑する現象や問題のあいだをさまよい、走りつづけていた印象があるのだ。彼が啓蒙的であったり教育的であったりするのは、晩年にますます多くなった対談やインタビューによる刊行物のなかだった。多くの時事的発言を含むこれらの出版物には、たしかにもうひとりの吉本がいて無視できない。むしろ多くの読者にとっては、こちらの吉本隆明のほうが印象に残っているかもしれない。ドクサ（臆説）を述べ、オピニオンを与える思想家とは、ある意味では思想の営みとは別の次元にいて、この社会の「左翼」や「右翼」、「進歩」や「保守」、「賛成」や「反対」と

（4）　吉本隆明『ハイ・イメージ論Ⅲ』ちくま学芸文庫、二〇〇三年、二九〇ページ。

いったドクサに反応し、ドクサを再生産し、みずからもドクサの装置になっていくのだ。マスメディアにとってはどんな思想もドクサでしかないし、どんなに繊細で鋭利で切実な思想もそこではドクサとして読まれてしまう。はじめから〈思想にとって大衆とは何か〉を中心の課題として考えてきた吉本は、けっしてドクサを拒まずに、本質的な意味で大衆の思想家であろうとした。私にとってそのことは感動的であるが、まったく同感であるわけではけっしてない。

3　新しい自由

『ハイ・イメージ論』（一九八九―九四年）の論考は、その直前の『マス・イメージ論』（一九八四年）とともに、新たな段階に入った資本制とテクノロジーがどのような視覚やイメージをもたらしているかを考察することにとりわけ力を注いでいた。じつは『言語にとって美とはなにか』には「言語表現における像」というパート（第Ⅱ部４節）があり、また『心的現象論序説』の最終章も「心像論」となっている。さらに『心的現象論本論』の冒頭は「眼の知覚論」なのだ。視覚とイメージは、吉本があつかったどの幻想領域でもつねに問題になっていた。晩年の吉本が繰り返し用いた用語のひとつは「世界視線」というものだった。そして世界を俯瞰する「世界視線」は、「心的現象」の考察においてますます重要な主題になった母体のなかの胎児の状態と、生死の境をさまよう臨死体験においてあらわれる幻覚的なイメージとも接点をもっている。

吉本が臨死体験の記録を読んで注目したのは、とくに次のような〈体験〉だった。瀕死の病床にあった人の見た「想像的な像《イメージ》」には、現実に見えるもののはっきりとした輪郭がない。「にもかかわらず全方位の像《イメージ》であるため、視覚ではまったく不可能な、対象物の裏側も側面も上下も、あたかも視えるかのようにあらわれる」[5]。そのイメージはあいまいであるかわりに（その代償であるかのように）見えるはずのないあらゆる面のイメージを全方向から形成する。こうして病室の上方を浮遊するようにして天井から、瀕死の自分と自分をとりまく人々のイメージをつくりあげることができる。

一方で精巧なコンピューター・グラフィックスによってつくられた立体映像を、ドーム型のスクリーンに映写したものを見たときの体験を振り返って吉本は書いている。

> このなかで立体の映像は、平面スクリーン（二次元スクリーン）を脱して立体化された視覚像となり、視座席の近くにまで浮遊し、走り抜けてゆく映像体験がえられる。そのうえに世界視線が想像的な像空間の内部に内在化されて、いわば胎内視線に転化される。〔…〕この驚きの源泉はどこからやってくるかをかんがえてみれば、それはあきらかに胎内体験の像《イメージ》のシチュエーション、あるいは瀕死や仮死の像《イメージ》のシチュエーションに、いちばん近くまで肉迫した映像体験だと

（5）吉本隆明『ハイ・イメージ論I』ちくま学芸文庫、二〇〇三年、九ページ。

いうことにつきる。[6]

現在コンピューター・グラフィックスの映像でつきつめられた極限の像《イメージ》価値が、〈死〉または〈未生〉のときに外挿または内挿される像《イメージ》体験に近づいていることは、このうえない暗喩の拡がりを喚び起こす。もしかすると現在そのものの構成的な価値の概念が全体でつきあたっているものが、〈死〉または、ただ〈未生〉の社会像によって暗喩されるものかも知れないからだ。[7]

それは「人間の視覚像のちかくに想定されるような映像概念の終り、あるいは終りの映像概念を産みだしてしまったことは確かだとおもえる[8]」とも吉本は書いている。こうして新しいデジタルテクノロジーが生み出したイメージ（視線）を胎内や臨死の状況に重ね、終末のイメージに重ねる吉本の論の運びは、〈すべての共同幻想の消滅〉について語ったときのようにラジカルで性急にみえる。『ハイ・イメージ論』は、視線とイメージに関するこういう発見から高度なテクノロジーと情報を中核とする資本制のなかの人間を考えようとするのだ。

はじめに戦後史の政治的葛藤に密着していた吉本の思想は、『ハイ・イメージ論』では明らかに別の次元に入っている。それは「自由」の意味の変質と関係があった。

わたしたちが思いおこすあのふるい自由の規定は、現実が心身の行動を制約したり疎外したりする閾値のたかい環境のイメージといっしょに成りたっていた。こんな過去形をつかうのはそれほど深刻な意味からではない。ふるい自由とあたらしい自由という規定を、一九六〇年代から一九八〇年代のどこかで転換したイメージとしてかんがえたいからだ(9)。

ここではあたらしい自由の規定がぶつかっている余計に恣意的になってしまった環境、制約も疎外もいちようにのみこんでしまった現実が、わたしたちにあたらしい自由とはなにかを問いかけ、自由をまるで無意識を造るように造るとはどうすることなのか解答を求めていることが大切なのだ(10)。

吉本にとって一九八〇年代の新しい世界を規定する「あたらしい自由」は、何よりもまず現実とその映像のあいだの区別が失われることと深く関連していた。すべてが「模像」(シミュラークル)となるような社会として「消費社会」を定義したジャン・ボードリヤールを批判しながらも、吉本

(6) 同、一三―一四ページ。
(7) 同、一五ページ。
(8) 同、一六ページ。
(9) 吉本隆明『ハイ・イメージ論Ⅲ』一二六ページ。
(10) 同、一二七ページ。

は頻繁に引用するようになる。そこで吉本隆明を「真のポストモダニスト」と定義するような見方が出てきたのはそれほど奇妙ではない（大澤真幸『思想のケミストリー』）。しかし、日本に出現した他のポストモダニスムとはかなりちがう軌跡を吉本が描いたことはたしかなのだ。彼の思想的中核には一徹な近代主義者ばかりか、歴史の概念を厳密に相対化しようとする超歴史的思考さえも潜在していた。その錯綜をよく見きわめてみたい。

4　世界視線の定義

それにしても「世界視線」という概念は『ハイ・イメージ論』の中心概念のひとつであり、ハイ・イメージ（高度なイメージ）は高所からの、具体的には地球観測衛星（ランドサット）からの視線の前にあらわれるのだ。

そこで**世界視線からみられた都市像は、その都市が瞬間ごとに、自身の死を代償として自身の瞬間ごとの死につつある姿を上方から俯瞰している像**に相当していることがわかる。(11)

こうしてたしかに「世界視線」は、上方に浮いて自己の状況を俯瞰する臨死体験の視線に重なっている。そしてそれはたんに世界を俯瞰したイメージにとどまるのではなく、新たな都市空間とは複数の世界視線を折り重ねた四次元なイメージをあらわす、とも吉本は述べている。この提案の重要な手がかりになっているのは映画『ブレードランナー』（監督リドリー・スコット、一九八二年）である。「上方からの視線（世界視線）から、カメラが高層ビル群のすぐ上や高層ビルのあいだを飛んでゆく空中カーを映写する。そしてそのとき、背景空間をより高層の林立するビル群で隙まなくうめてしまい、けっして高層ビル群のあいだから、天空を覗かせるような映像をつくらない」[12]。吉本は多くの要素を圧縮したまま直感的に論を進めるのでしばしば理解に苦しむが、そこで何が問題になっていたか、とにかく検討してみよう。

いうまでもなく、私たちの世界の表象は、そこに生きて世界を知覚する観点におうじて、その観点の数だけ存在する。新しい技術や建築はいままで存在しなかった観点をつくりだすので、そのぶんだけ表象の数は増加し、私たちがそれらの表象を積み重ねて構成する世界のイメージも変容することになる。たとえば絵画の歴史は視線の歴史でもあり、視線によって構成される対象の歴史でもある。キュビスムのように同時に多くの視点からのイメージをつぎはぎにするイメージがあらわれたのは、おそらく二十世紀初頭の都市空間の変貌に対する画家たちの反応のせいだったにちがいない。高層建築や航空機、電気による人工の光線、それらを映像化する写真、映画などのメディアに

(11) 吉本隆明『ハイ・イメージ論I』一〇九ページ。
(12) 同、一〇〇―一〇一ページ。

よって視覚の環境も条件も格段に複雑化していった時代に、キュビスムや未来主義や表現主義のような形で視線の変容が次々形象化されたのだ。

吉本は「世界視線」という概念自体を、それほど詳しく精密に説明することなしに繰り返し用いて現代世界の変容を指摘しようとするが、そもそも「世界視線」とは偵察し、監視する視線でもある。より広大でより精密な視界を獲得することは、いつでも権力や支配にとって必須の条件だった。フーコーが『監獄の誕生』で図式化した「一望監視装置」（パノプチコン）も権力の視線の新たな構図にほかならず、フーコーはそのような「装置」が監獄のみならず社会のさまざまな場面で複製されて、綿密な統制の組織網をひろげていくことを指摘したのだ。そしてそのような「装置」が成立する前にも、西洋は絵画の遠近法として、あるいはその進化に深くかかわるカメラ・オブスクーラ（暗箱）の技術として、世界と自己を分離し、世界を静かに安定的に眺望する視線を構成してきたのである（ジョナサン・クレーリィ『観察者の系譜』参照）。

そしてこのような一方向からの視線の力学と、それに対応する形而上学を批判するようにして、たとえば現象学（メルロ＝ポンティ）は〈見ることとは見られることでもある〉ということを知覚の原理にすえた。見ることとは世界から注ぐ光が眼に注ぎこむことでもある。知覚することは、自分も知覚されうる場に身体をおくことである。知覚は少なくとも双方向的であり、ふたつ以上の知覚の交叉によって成立する。私がはじめに見るのではなく、それ以前に私を見つめる世界があり他者がいる。政治も、芸術も、哲学も、視線をめぐるすさまじい抗争の歴史と切り離せない。

吉本は「多空間論」で西洋絵画の遠近法や「コラージュ空間」をも参照しながら、東京の超高層ビル街を考察している。このように絵画と都市空間を重ねることは「現代絵画のまったく想像力だけによる多空間の創造と、現在の大都市の超高層からの俯瞰の視線があたえる実在の多空間の想像空間への転化の契機とが、どこかで交換される可能性をもつことにかかわっている」[13]という。しかし、そもそも現代絵画の創造と変容は、二十世紀初頭から加速的に進んだ都市空間の光学的構造や、そのなかに生きる人間の知覚やイメージの変化と切り離せないのだ。

世界視線とは「一望監視装置」の新たな精密な形態にほかならないとしても、吉本がそれによって考察しようとすることはまさに「多空間」であり「多時間」であるような新しい世界だったにちがいない。この世界では、もはや知覚の主体は大地の一点に固定されない。イメージは平面からも、座標からも逸脱する。多視点と多視点とが衝突し交錯しあって、散乱するイメージが次々生み出されているのだ。吉本は、あいかわらずここでも垂直的な俯瞰を「世界視線」と呼び、地上に水平的に延長される「普遍視線」と対立させ、その交点にあらわれるイメージを考察しようとする。しかし「多空間」は、そのような水平軸‐垂直軸の二元的座標にはとうていおさまらない。この点からみると吉本は的確に問題提起していても、けっして説得的な図式をつくりだすところまでいかなかったように思える。

(13) 同、一四六ページ。

5　自然論と新資本論

都市空間に出現し、また映画やファッションや小説においても表現されてきたそのような視線、知覚、イメージの多次元的構成に対して『ハイ・イメージ論』は敏感に反応し、『言語にとって美とはなにか』の延長上にずっと広汎な記号論的思索を展開していたのである。もちろん、それだけがこの思索の核心ではなかった。もうひとつの大きな問いは、アダム・スミスから再検討して現代の資本主義がどこへむかおうとしているかを考えることだった。最初の「映像の終りから」に始まって「拡張論」の前半、「自然論」の後半、「エコノミー論」そして「消費論」は、とりわけ新たな「資本論」にむから試みになっているのだ。

吉本のマルクスへの深い信頼は一生変わらなかった。「〈人間〉と、人間が欲するといなとにかかわらず形成してしまった〈社会〉とを、徹底的に〈自然〉そのものに解消する」[14]というマルクスの「汎〈自然〉哲学」を、彼は幻想の諸領域を思索したときも忘れたことはないのだ。しかし後期の著作では、むしろヘーゲルに着目することが多くなった。『ハイ・イメージ論』中の「自然論」では、マルクスの自然観が「静態的」であり「息苦しい」と書いている。みずからの身体を道具となし「有機的自然」とすることによって、その他の全自然を「非有機的な肉体」に転化させ、そのあいだに「組みこみ」の関係を形成する。これは初期マルクスの基本的な考え方だが、ヘーゲルの考えた「有機的な自然」（＝「じぶんじしんの輪郭と形態を保っているもの」）と「非有機的な大自然」（空気、水、大地等々）のあいだに展開する弁証法が含んでいた「遊びや揺らぎや余裕」をマルクスは払拭してしまった、と吉本はいうのだ。

若いマルクスの自然は、ヘーゲルの自然とどこがちがうか。まず第一にマルクスにとって、人間は普遍性をもった有機的な自然として設定される。この普遍的な存在が、ヘーゲルのいう非有機的な自然とかかわりをもつとすれば、普遍的であるがゆえに、全自然とかかわりをもつはずで、ヘーゲルがかんがえた余裕、遊び、揺らぎという緩衝領域はきえてしまわなければならない。それればかりではない。普遍的な有機的自然としての人間は、のこりの全自然とのあいだに「組みこみ」の関係によってしかかかわりをもつことができないとみなされる[15]。

「組みこみ」は、マルクスの史的唯物論をつらぬく必然性という発想にもかかわるだろう。ヘーゲルにとって「実体」は偶然性の関係として必然性をもっている。あるいは「偶然性の配置が、必然的になっているような本質をもっている[16]」。この偶然性が、遊び、ゆとり、たわむれとしてあらわれる。もちろん偶然性は超えられ、全体が回復されなければならない。

(14) 吉本隆明『カール・マルクス』光文社文庫、二〇〇六年、一五二ページ。
(15) 吉本隆明『ハイ・イメージ論II』ちくま学芸文庫、二〇〇三年、一七五―一七七ページ。
(16) 同、一六六ページ。

ここで吉本が問題にしているのは、マルクスの自然をめぐる弁証法では自然の観念があくまで静的で、有用性と交換の次元でしか考えられていないということだ。自然の形態を変容させ、有用なものとし交換するという人間の活動の対象として、自然は形態をもち、手応えをもつ物質としてあらわれる。ところが「自然は生成と消滅の過程そのものであり、その生成は物質が素粒子からの生成であることと対応している。この過程は物質の素粒子への解体がじっさいに追認できるようになったこととかかわっている[17]」。

そのような「過程としての自然」は「時間‐空間」の変様体であり、この過程とこの変様が自然の価値化の根底になければならない。高度化した技術は「過程としての」物質そのものを解体して時間‐空間を変容させる。そもそも自然そのものが時間‐空間の変様体であり、人間にとっての価値の源泉なのである。吉本のこの見方は当然、原子力や、デジタル技術のベースになっている半導体や、分子生物学的対象の「微視的構造」を想定させる。人類史の未来はマルクスの考えた工業生産の対象となる静的自然ではなく、このような自然(観)なしには考えられないと吉本はいうのだ。「わたしたちのいう価値化の領域は、こういう道具の高度化によって、はじめは線型に延びる線分であったものが、平面となり、つぎには立体化し、しだいに多次元体の図像にちかづいてゆく[18]」。このような〈自然〉もまた、世界視線として解読された新たなイメージ空間とともに新しい資本制の多次元体を構成している。「過程としての自然」は新しい資本主義の源泉としてとらえられる。こんなふうに提出された吉本の「自然論」では、新しい資本制とテクノロジーの危険や恐怖を指摘する批判は不思議なほど不在だった。

6　ポストモダンな動物

もうひとつ、『ハイ・イメージ論』だけでなく後期（ほぼ一九八〇年以降）の吉本が一貫してこだわりつづけたのは、農業から工業へ、やがて工業からサービス業（第三次産業）へと明白にシフトしてきた現代資本制の産業構造がどういう事態をもたらしているか、ということだった。むしろ経済学者や社会学者に任せておけばいい主題かもしれなかった。あいかわらず吉本はどこにでも首をつっこむ彼の壮大なアマチュア学を続けた。新しい都市空間のイメージについて考え、マルクス、ヘーゲルの自然哲学を考えながら現代の資本主義がどこにむかっているかを考え、それに深いところで関わっている芸術表現を考えながら、同時に産業構造の変化を考えることは、マルクスの認識を再検討することでもあり、まったく切実なことにちがいなかった。

第三次産業の膨張は、生活必需品が家計に占める割合（エンゲル係数）の顕著な低下とともにある。また〈消費〉が社会活動の前景を占めるようになる。そのことを吉本はボードリヤールを引用

（17）同、一八五ページ。
（18）同、一九四ページ。

しながら考察している。とりわけ消費社会の加速化現象を考察の対象としたボードリヤールのモチーフは消費社会の「イデオロギー」が内包する欺瞞や矛盾やニヒリズムを批判することだったが、そういう批判を吉本は共有しなかった。吉本は、むしろ消費社会の到来が、経済的格差を縮小し相対的平等をもたらす資本制の変容と同時進行していると指摘して、その恩恵を受けている「大衆」をあくまでも擁護している。豊かな消費生活に幻惑されて現実社会の緊張に眼をむけず、ただ平等な幸福に甘んじて日常を送る民衆を、ボードリヤールは批判する。しかし「こういう弱者(一般大衆)が受動的である社会が、どうして否定的な画像で描かれなくてはならないのか、どうしてみくだされなくてはならないのか、わたしにはさっぱりわからない。〔…〕弱者(一般大衆)の解放を理念として標榜して、実際は弱者のための地獄をつくってきたスターリニズム周辺の知識人という以外の像を、ボードリヤールのこの種の言説からみちびきだすのは不可能におもえるからだ[19]」。ここでも吉本の「大衆の原像」はなんら変わることなく持続している。ただし、それはもはや水面下に隠れた潜在性などではなく、いまや消費やファッションを謳歌する超資本主義下の大衆としてはっきり像を結んでいるのだ。

消費に関して、また消費される商品の多くが〈必需品〉ではなくなるような経済において、何か根本的な変化が起きているのに、そのことを精確に理解する思想も倫理も、あるいは経済学、社会学もまだ存在していない。いったい経済を営む人間の未来は、どこに核心を設けて考えればよいのか。吉本の問いはあいかわらず根本的だった。たとえば動物は食べて飲み、材料をみつけて巣をつくるというように、あたかも消費しかしないようである。

わたしたちが分析し解剖したいのは、消費社会と呼ぶのがふさわしい高度な産業社会の実体なのだが、この画像はふたたび動物一般の、社会に似ているようにおもえる。動物一般の社会は（ほとんど）意図的な生産をやらないで消費行動だけをやって、あとに残余として昨日とおなじ身体状態をのこす。わたしたちがそのなかに生活し、対象としてとりあげている高度な消費社会でも、意図的な高度な生産をあたかも生産が（ほとんど）行われないかのように考察の彼方へ押しやり、消費行動だけが目に立つ重要な行為であるかのようにあつかおうとしている。これはラセン状に循環して次元のちがったところで動物一般の社会に復帰しているような画像にみえてくる。相違はわたしたちのなかにメタフィジックが存在するということだけだ。このメタフィジックによれば**消費は遅延された生産**そのものであり、**生産と消費とは区別されえない**ということになる[20]。

生産される商品の多くが生活必需品ではない幻想的な性格をもつようになった資本主義では、消費そのものも幻想的な生活をもつようになった。一方、貨幣のほうもまた加速的に流動性をまし、

---

(19) 吉本隆明『ハイ・イメージ論Ⅲ』二七五ページ。
(20) 同、二七〇ページ。

クレジットとなり、電子マネーとなり、金融商品となり、幻想的な性格をもつようになっている。そこから生ずる新しい形の搾取や攻撃や非人間性がたえず指摘されてきたが、吉本の思想的関心はあくまでもそのような経済がどういう未来をもたらすか「理念的」に考察することだった。あたかも何も生産しないように、ただ消費をおこなう動物としての人間はその究極的イメージのひとつだが、それだけではなかった。

第三次産業をさらに超越して第n次産業が出現し、そのような高次元の経済がそれ以下の次元を押しなべて巻きこんでいくことが想像されよう。生きのびるためにみずからの労働力を売るしかない労働者と、労働力を買い生産する企業家と、その資金を調達する資本家という区分もかぎりなく流動化するだろう。げんにすでに多くの労働者は投資家でもあり、金融のスケールは生産‐消費のサイクルをはるかに逸脱して肥大し、幻想的なものになりながら経済を支配している。そこで吉本が未来の理念として構想するのは、万人が「経済人としての理想像である貨幣の所有者」[21]になるという究極の事態なのだ。つまり、この経済人はただ貨幣を消費するだけで、その貨幣が利子を生み出すので、彼はやはり動物のように何も生産せず、ただ消費するのみである。もちろん、実際には資本家も投資や資金運用のためには、少なくとも高度な情報力をもって活動せねばならず、動物もまた餌を消費するには（ペットでないとすれば）日々餌を手に入れるため虎視眈々と生きなければならない。そして二十世紀末から今世紀にかけて世界経済はさらに加速的に拡張し、新しい様相を見せている。『ハイ・イメージ論』の経済学は、まだバブル経済という資本主義を前にした考察だったのだ。しかし、ここでも吉本は遠くの歴史的地平線をにらんで思考していた。
もっといえばこういう消費社会の肯定的な表象の氾濫に対応する精神の倫理をわたしたちはまったく編みだしておらず、対応する方途を見うしなっているところに核心の由来があるとおもえる。わたしたちの倫理は社会的、政治的な集団機能としていえば、すべて欠如に由来し、それに対応する歴史をたどってきたが、過剰や格差の縮まりに対応する生の倫理を、まったく知っていない。ここから消費社会における内在的な不安はやってくるとおもえる。(22)

そしてもちろん、これはただ消費や経済だけにかかわる問題ではありえない。私たちはあいかわらず、いや吉本隆明の時代以上に多くの大きな問いにさらされている。しかし、それを考える根本的な思想の力はいろんな理由でむしろ衰えている。やがて過去の貴重な思想的苦闘の跡を読みとることさえできなくなってしまうかもしれない。そのとき私たちは、すっかり難題を解決して楽園のような世界に入っているだろうか。それとも無感覚や麻痺がはびこるまで、煉獄のような世界がしのびよっているだろうか。

(21) 同、一七七ページ。
(22) 同、二八八ページ。

終章　渦巻きの批評

この本で私は、吉本隆明の厖大で多岐にわたる著作のうち、おもに彼の思想的、哲学的追究のあとを読みこむことに集中してきた。二十代にこの人の本を熱中して読んだあと、私自身の思想的作業は、半身を異国語の世界にひたして続けてきた。その過程でえられた眺望に照らして、吉本の思想をもう一度読み改めようとした。その発想の根本性や徹底性への感動も、鋭敏な問題意識への評価も、あまり変わっていない。初期の〈関係〉や〈大衆〉の思考はやがて文学言語論、共同幻想論、心的現象論へと展開され、日本の古代から現代社会にいたり、さまざまなジャンルにわたる多様な思索としてくりひろげられた。新たに代表的な著作を読みときながら、この思索の軌跡をたどり、それぞれの主題の連関が描く地図を浮かびあがらせることにつとめてきた。壮年期の吉本は強固な建築のような体系的認識をめざしたかもしれないが、結局その思考は精密な体系を磨きあげることよりも、いくつかの本質的発想を流動させ褶曲させて思考の地理を拡大し、深化していくようなものだった。私はその思想的地理の地図を描こうとしてきたようだ。

そこで気づいたことのひとつは、吉本の思想の根底にある静的、静態的な性質であった。おそらく吉本の思考に特有の静的エネルギーといったものがあった。それは静かに重心をうつしながら、やがて配置を大きく変えてしまう氷山のようなものだったかもしれない[1]。若い吉本が「全世界を凍らせる」などと詩のなかに書いたのも、けっして偶然ではなかった。「人類学的思考」の立場から『共同幻想論』を批判的に読んだ山口昌男は、トーテミズムにせよ親族構造にせよ、いつでもアフリカを〈動態〉としてとらえるような発想から吉本を批判したのだ。ヨーロッパの限界をとなえ、近代を〈超克〉しようとしてアジアを擁護するといった紋切り型の姿勢を一度も示したことはなかったとしても、吉本の思想はこの静的方法によって、独自にアジア的な特徴を結晶させていたと思う。多くの研究家たちが日本の歴史上の起源や発生を一定の時空に点的に定位しようとするなら、吉本はそれを遠大な時間の層のなかにみて、ゆるやかな時間のなかの構造を浮かびあがらせるような観点を形成していたのだ。もちろん、このことだけに吉本の思想を還元しようとは思わない。このような静態とともにあった動態の思考もたしかにあった。文学作品を読解するときも、記述の観点がどこにあり、どう移動するかということについて彼はたいへん敏感だった。

原論的な思想的著作を続ける一方で、吉本は数多くの評伝や作家論を書きつづけた。高村光太郎、マルクス、源実朝、紫式部（『源氏物語論』）、親鸞、良寛、西行、宮澤賢治、太宰治、島尾敏雄、柳田國男、夏目漱石、シモーヌ・ヴェイユらについての書物を残した批評家吉本は、もちろん思想家吉本と一体であり、彼にとって批評は理論的思索の実践であり、理論とは批評を通じて見えてきたことを論理化し、掘り下げ、徹底する過程でもあった。『言語にとって美とはなにか』の探求において、文学作品は自己表出－指示表出、文学体－話体のような概念によって〈内容〉を抽象化され、とりわけ〈形式〉として分析されて図表の上に位置づけられた。そのようにして日本文学の歴史的変化が、それぞれの段階における〈表出の構造〉を通じて〈表出史〉として読みとかれることになった。

しかし批評家吉本隆明の作品は、けっしてそのように表出の〈形式〉にだけ的をしぼってはいない。批評はまた、たしかに理論とは異なる地平を含んでいる。吉本の批評はしばしば評伝でもあり、作家の実人生が欠かせない地平としてとりあげられた。理論との関連でいえば、文学言語論にかぎらず、とりわけ幻想論のカテゴリーもまた彼の批評のなかに入ってきた。しかしそれぞれの作家の、生と死、個体と社会とのあいだにある葛藤のドラマ（悲劇）を読みとることが、いつでも第一の課題であったのだ。そして批評の文体のほうが、論理的に突きつめようとする思想的著作に比べてよ

（1）私は、映画批評家アンドレ・バザンがフェリーニについて書いたことを思い出したのだ。「発展するのではなく転換し、最後には不動の中心が気づかないうちに移動して、まるで氷山のように反転する」（André Bazin, *Qu'est-ce que le cinema?* Cerf,1976, p.345）

り奔放で、闊達な印象を与えるのだ。彼はあくまでも作家の「悲劇」について語っているのにもかかわらず。

「悲劇」という言葉を、吉本はしきりに書き記している。それは作家の「資質」や「性格」の悲劇なのだ。(2) まさに批評の使命とは、彼にとって作家を襲う悲劇や作家が遭遇する悲劇ではなく、何よりも作家の内面の「悲劇」の「解読」でなければならなかった。「性格悲劇」は、しばしば「パラノイア性」のように『心的現象論』(序説および本論)で繰り返し考察された〈症状〉と重なっている。後期にますます精神分析学的発想をとりいれるようになる吉本は、パラノイアを、とりわけ幼少期の「母親との関係からくる恐れと不安」(3) に結びつけた。もちろん彼の批評はそこにとどまるのではなく、精神分析の彼方に進もうとする。この批評にとって〈症状〉さえも、ひとつの思想でなければならない。作家の「資質」の次元を突き抜けて、「生命の曲線」のような何かを描かなければならない。

西行の「あはれ〳〵このよはよしやさもあらばあれ　こんよもかくやくるしかるべき」(『山家集』)「うきをうしと思はさるへき我身には　なにとて人の恋しかるらむ」(『松屋本山家集』)のような歌を「西行的なもの」の「極限」の表現として、吉本はとりあげている。「人間の行動はこんな生命の曲線を描くだろうとおもえる」。「これは言葉の機能としては背理で、虚構をかまえればかまえるほど、生命が内攻して盛り上がったイメージがあたえられる」。「ここでは生命が、体験の曲線に沿って言葉を解き放つのではなく、概念のうちで内攻し、せめぎあい、思わずところどころで、裂け目からうめき声をもらしている」(4)。吉本の批評の前にあらわれた西行は、「心」という言葉に異様なニュアンスを注ぎこんで、心理的な次元も言語の次元も、いつのまにか突き破ってしまうようにして歌を詠んだのである。

たとえば『島尾敏雄』(『吉本隆明全著作集9 作家論3』一九七五年、増補改訂版一九九〇年)から『悲劇の解読』(一九七九年)そして『夏目漱石を読む』(二〇〇二年)まで、日本の近現代文学を批評する書物で、吉本はほぼ一貫して「心的現象」の表現として作品を読解し、あくまで心理的次元に焦点をあわせている。そして心(理)的なものとは、そのまま〈関係〉をめぐる葛藤にほかならな

(2) たとえば夏目漱石について次のように語っている。「漱石の小説の主人公たちは、なぜためらいというのが極端なかたちで出てくるのかというと、もちろん、漱石の資質のなかにそれがあるからだということになります。漱石の資質のなかにあるためらわせる要素とはなんなんだろうとかんがえます。それは漱石の倫理に行きつく内向性といいますか、漱石が自身をどうかんがえているかということと、他人が漱石をどうかんがえているかということとのあいだに著しいギャップがあり、漱石にある倫理観の過剰性を意味するとおもいます。じぶんの内面にどんどん入っていくと、外とのギャップがたいへん著しくなってしまう、そういう資質を漱石がもっていることです」(『夏目漱石を読む』ちくま文庫、二〇〇九年、一六〇―一六一ページ)

(3) 『夏目漱石を読む』四八ページ。

(4) 『西行論』講談社文芸文庫、一九九〇年、一四七―一四九ページ。

い。この世界と他者との関係を〈煉獄〉として生きるしかない作家の心理は、ただ作家の資質からくるのではなく、根源的な〈疎外〉に起因する。しかし作家はこの疎外の煉獄に降りて、あたかも疎外を突き抜けるようにして、心(理)的次元の彼方に踏み出していくようだ。西行にとって、それは「生命の曲線」だった。漱石の場合、それはある「渦巻き」のようなものである。「よくよく注意してみればわかるように、漱石の作品には、いつでも原罪が渦巻いている、資質が渦巻いている、それから、知識人としてのじぶんが渦巻いている、それに反発するじぶんが渦巻いている、そしてそういう渦巻きの中心には、いつでも宿命と反宿命というものが、反発したり、融合してみたり、部分的に別々の方向へ行ってみたりというようなかたちで展開されていますⒸ」

また島尾敏雄の場合、それは「生理的必然」といったものである。「どんな幻想ふうの作品でも、作品のリアリティを保証しているのは、かれの生理的な必然ともいうべきものである。かれが、じぶんの文学を、内面の紀行者と規定しなくても、生涯の紀行者ではありえたような気がする。〈病気〉を生理的な必然の別名と解するかぎり、生理的な〈異変〉は、この世界で、常なる動機と、構成と、結果とを、予定することを、赦されない存在である。この自覚は、〈病気〉が、この世界の戦いからの一時的な撤退ではなく、存在の仕方の一つの直接形式であるとかんがえるかぎり、当然のように、むこうからやってくる自覚にほかならない[6]」

近現代の芸術、文学、哲学が意識としての心理を離れて、無意識や身体にむかいはじめたことには深い必然があったはずだ。二十世紀演劇の革新を方向づけたアントナン・アルトーは、何よりもまず言語と一体の心理表現としての演劇に抵抗しようとしたのである。心的現象を生涯の探究の課題にした吉本も、はじめから心的な葛藤の背後にある「関係」に注意をむけ、また「無意識」にも注意をむけたのである、そして必然的に「生理」にも「身体」にも注意をむけたのであるが、それにしても焦点はいつでも矛盾や疎外の「意識」にあったのだ。

たとえばドゥルーズとガタリのように、心も意識も自我も、広大な社会的生産のメカニズム〈欲望機械〉の一部としてとらえ、そのメカニズムに組みこまれ、たえず作用し作用されるような身体〈生命〉の現象としてみるような見方は、吉本にとって受け容れられないものだった。[7]あくまで幻想領域の固有性にこだわり、幻想においても個と家族〈性〉と共同体という三つの領域を確たるものとして区別することが彼の思想の原則的モチーフになっていた。もちろん、それには強い根拠があった。マルクス主義は心的現象も共同体の次元もひとしなみに下部構造に還元しようとする傾向があったし、精神分析からは、リビドーをめぐる無意識の図式をあらゆる領域に複写するような思考が登場していたからである。そのような〈還元主義〉に抵抗する吉本のモチーフは強固で繊細で

(5)『夏目漱石を読む』七七ページ。
(6)『島尾敏雄』筑摩書房、一九九〇年、一五二ページ。
(7)「『アンチ・オイディプス』論——ジル・ドゥルーズ、フェリックス・ガタリ批判」、『吉本隆明全集撰3 政治思想』大和書房、一九八六年、所収。

あった。しかし、けっして還元主義ではないオープンシステムの探求がありうる。ドゥルーズとガタリは、すべてを「欲望機械」に〈還元〉しようとしたわけではなく、むしろ欲望そのものを、社会、家族、個人をたえず逸脱し貫通する流れとしてとらえようとした。彼らは還元ではなく、果てしない連鎖や混沌や変異を考えようとした。

要するに吉本の文学観も心的現象論も、近代の神経症的文化の〈内部〉にあまりにも深く固着していた。吉本はしかもこの立場を、ヘーゲル的な弁証法の語彙で硬く舗装してもいた。もちろんこれしかなければ、私は吉本を読みつづけなかっただろう。それでもいたるところに〈外部〉のきざしは書きこまれていた。生命、生理、渦巻き、世界視線……。

ヘーゲルの哲学こそ、他者の意識とのあいだで葛藤する自己意識を、やがて国家の理性でもあるような意識として構成し完成していく弁証法であるという点で、幻想の固有性などけっして許容しない思考だったのだ。そしてまた意識の弁証法とは、主人（支配）と奴隷（被支配）の抗争を、つまり力の対立を決定的なモチーフにしていた。そういうふうに思考するヘーゲルのなかにはすでにニーチェのモチーフがひそんでいた。ニーチェはこのような抗争から、まったく異なる力の哲学を導き出すことになるが、いずれにしても意識は、ある骨肉相食む抗争の痕跡を含み、この痕跡そのものだともいえる。ただ孤立した固有の幻想領域など、ほんとうはどこにもないのだ。

それにしても晩年の吉本の批評的思索は、西洋的なトータル・セオリーの構想とはほとんど無縁な表情をしている。「文学作品の濃い強度ばかりでなく、あわい強度も微細に解析しようとする文学批評の遣り方に固執すれば……」[8]というふうに注意のむきを変えている。もちろん吉本の理論的著作のどれをとっても、ただ原理的な図式を考えたのではなく、しばしば作品や事例や症例に対する繊細な視線を含んでいた。

同時代の作家を本格的にあつかった『島尾敏雄』では、作家と交友があったせいもあり、吉本は島尾の生い立ち、学歴から私生活のエピソードまで、伝記作家としてのみならず、ほとんど臨床家のように細かくインタビューしている。こうして、ほとんど作家自身の心的次元の分身であるかのようにふるまうことが、彼の批評の方法になったといってもいいのだ。

『悲劇の解読』の序には、少し異様なことが書いてある。「悲劇」は、吉本があつかう作品のなかにだけあるのではない。「悲劇」を解読し批評する立場のなかにも「悲劇」はあるというのだ。そもそも書き出しから吉本がふれているのは、批評そのものが作品たりえないということの悲劇なのだ。じつは『全集撰』を出したとき、そこに「全作品」から選んで収録したと書く[9]吉本は、みずか

(8)『背景の記憶』平凡社ライブラリー、一九九九年、三二四ページ。
(9)「こんど新しく、いままでの全作品から択んで『全集撰』と名づけて、選集を出すことになった」(『背景の記憶』三五九ページ)

らの批評的著作をまさに「作品」と呼んでいる。それにしても、作品の悲劇と批評の悲劇は、同じ悲劇ではない。「作品には骨格や脊髄とおなじように肉体や雰囲気がいるのに、作品を論じながらじぶんを作品にしてしまうのは、それ自体が背理としてしか実現されない[10]」

批評はそういう意味で「死につつある言葉」であり、すべての批評がそうであるとはかぎらないが、「自覚的に死につつある言葉」であるなら、もっといい（と吉本は考えているようだ）。それだけではなく、死につつある批評の言葉は、作品を論じて枯死させることもできる。しかし、批評の悲劇はけっして十分に悲劇的でなく、作品の悲劇にはとうていおよばない。そこに批評の悲劇がある、と吉本はいうのだ。

この文章の展開をたどっていると当然疑問がわいてくる。いったい誰の、どんな批評のことを言っているのか。「批評が倫理、理念、歴史を意図しているようにみえるとき、また露骨にその意図をむき出しにしているとき、ほんとうの倫理、理念、歴史は、その意図された言葉の個所でいちばん隠蔽されているのだ[11]」。これは凡百の批評に対する痛烈な批判であり、やはり批評なのだ。「政治的な色わけ」をする批評も、「倫理的な独白」のような批評も、吉本のいう悲劇的批評にとっては唾棄すべきものだ。

「批評の言葉はいつもどんなにしても作品より真面目すぎる」。このことも批評の悲劇の理由になる。「批評の言葉が決定されるのは現実の社会の真ん中においてだ。けれどもこれをとりだすのはどんな音も聴こえない内部のふところの奥からのようにおもえる。凍っているのに冷たくはない、そして冷たくはないのに物音ひとつしないあの世界からしか言葉はやってこないような気がする」[12]。これはもう作品とも、批評とも区別のつかない言葉である。

悲劇は作品の側にも、批評の側にもある。それらは同じ悲劇ではないが、まったく異質だとすれば、作品と批評の最小の紐帯も失われてしまう。「悲劇は作品と作者とを結びつけているとともに、作者よりも深いところでまだ意識されていない。もし批評がこれを意識させてしまえば作品はその作品以外のものとなってしまうが、批評はそれをそっともとにもどしておくことができる。はじめから作品といえるほどのものは可塑性と一緒に弾性ももっているからこのことが可能なのだ」[13]。この「序」の文はこう結ばれている。批評は、作品の悲劇をこえて別のドラマを演じているようだ。

ここでは、あたかも批評が作品の悲劇性に嫉妬しているかのようにみえる。しかしそれを通過して、批評の存在を、より深い悲劇として浮き彫りにしている。最後まで批評を続け、それもあらためて低声でつぶやくように講演の言葉を推敲した『夏目漱石を読む』で、吉本はしばしば「わけのわからない」とつぶやきながら、漱石の作品の少し異様な細部にふれていく。漱石の病を、ことあ

---

(10)『悲劇の解読』ちくま学芸文庫、一九九七年、五ページ。
(11) 同、八ページ。
(12) 同、一一ページ。
(13) 同、一三ページ。

るごとに幼年期の母親との関係の失敗に還元する吉本は、晩年にますます顕著になった母性を焦点にする精神分析を繰り返している。心的現象論の理論的展開として考えると、進むよりもむしろ退行しているという印象を受ける。それでも漱石の作品に表現された、人物たちの息をひそめたような葛藤の微細な振幅を検知するすぐれた批評作品になっている。

ほんとうの悲劇は批評なのか作品なのか、じつはそんな問いよりも肝心なことは、言葉がまだ生きのびるかどうかなのだ。そして生きのびる言葉は、死に深く浸透された言葉であるにちがいない。「映像、イメージ、音響がすさまじい速さと規模で空間形式を埋めてゆく。言葉はじぶんを時間化してゆくよりほかなくなっている。言葉は坐したまま歴史に参加するのだが、その音声は嗄れている(14)」。こうして批評は作品を枯死させるかもしれないが、枯死することによってますます生きるような作品もあり、そのときは批評も生き生きしながら、すでに作品に含まれていた死を迎えている。吉本の批評は、そういう奇妙な循環をつくりだして、すでに彼の三つの幻想をめぐる思想的構想を少しだけ超えていたかもしれない。吉本のなかのそのような批評家は、思想家吉本隆明をただ補完するどころか、むしろそのような死の弁証法のなかでひとつの大きな思想を完成していたのだ。

吉本は大学時代に〈劇研〉の演じた『リリオム』に感銘を受けて、みずからも太宰治の戯曲『春の枯葉』を演出しようとしたことがある。しかしそれをかぎりに演劇に接近したことはほとんどなく、劇場に足を運ぶことともまれだった。前にもふれたように『言語にとって美とはなにか』で〈劇〉について論じたときも、あくまで言語表現としての劇というジャンルが表出史のなかでどういう構造をもっていたかに関心をもったのだ。同じように映画にも関心は薄かったが、八〇年代には演劇も映画も飛びこえ、さかんにポップカルチャーやメディアの映像について論じるようになり、イメージを本格的な考察の対象にするようになった。

たとえば早稲田小劇場（鈴木忠志）の演劇に「同情をよせた」と書く吉本の視線は、あくまで傍観者のもので、「いつ、どういう形で、かれらはこの現在の世界の構造に内在から触れることになるのだろう？　抑制してじりじりと持続的に。もし、できるのなら、けっして馬鹿気た演劇理論で武装しないように、ということが必須の条件であるというほかはない[15]」。

日本の状況のなかでもがきつづける演劇に対しては、高をくくった不当な発言に聞こえても仕方がない。しかしその吉本のなかに、たしかにひとつの演劇がひそんでいた。

八五年に発表された、とても印象的な短いエセー[16]がある。「思い出の劇場」と題されたその文章

（14）　同、一一ページ。
（15）　「三番目の劇まで」、『劇的なるものをめぐって――鈴木忠志とその世界』早稲田小劇場＋工作舎編、一九七七年、二二一ページ（初出は「映画芸術」一九七〇年八月号）。
（16）　『背景の記憶』一六二―一六五ページ。この文章は『重層的な非決定へ』大和書房、一九八五年にも収録されている。

は、戦後の北陸の浜辺で見た光景を語ったものだ。しかしはじめて一読したとき、私にはこれは回想というより、むしろ幻想的記述のように思われた。

「ほとんど無意志なままに、前方の砂浜に眼をやると、忽然として黒い僧侶のような衣裳をきた数十人の群れが、円陣をつくって佇っているのが視えた」。その「男優」たちの輪のまんなかに、やはり黒衣を身につけた人物が砂地に旗をつきたてて何かつぶやいている。そのつぶやきは聞こえず、夕刻の時間はとまってしまったようだ。「やがて円陣の中央にいた男優が、旗をすこし上にあげて、またそのまま竿の先を砂地におろした。合図の演技だったらしく、つぎの瞬間に円陣の男たちは肩を組みあうと、単調な二拍子のたたらを踏みながら、静かに左廻りにまわりはじめた。わたしたちのところからみると、ゆっくりとした高速度写真を眺めるような、左廻りの円陣はいつまでも終るようにおもえなかった」

それは戦時に動員されたカーバイト工場で「錬金術」をおこなっていた工科の学生たちの別れの儀式なのだった。静かに回転するその輪のなかに、自然に「わたし」もすいこまれ「溶接され」ていっしょにたたらをふみはじめる。「みんなこれが別れの儀式だと感じていたし、その雰囲気は円陣の内側にむかって密度を高め、円陣の外側にむかって密度を拡散していたから、円陣の輪に入るとすぐにじぶんが発信源になって放射するものに相違なかった。もうこのメンバーで再演することもないだろうし、生きたまま会えるとも思っていなかった。わたしたちは一期一会の劇場に、演者となっているのだった」

黒い輪の聞こえないつぶやきは砂地にすいこまれ、ここにはただ単調な歩みからなる舞踏があり、感情的集中の密度は高まっては拡散していつまでも続く。この〈演劇〉のイメージは、もちろん演劇である以上に、吉本の詩的構想力にも思考の原型にも触れている。静かに渦を巻くエネルギーが図表化されている。

吉本が繰り返し論じてきた親鸞は、関東にあったとき房総半島の尖端に行ったということである。そこで親鸞は「うず潮」を見たかった、と吉本は書いている。「うず潮は、そういう親鸞が最後にたどりついた場所でした。外房と内房では、海流の水の水位がかなりちがう。それでふたつの海流がまじりあうと、うず潮という現象が起きる」。「境界というものを大事に考えた親鸞ですから、異なるふたつが接する場所にはきっとものすごく関心があったはずです」。「そのためにそれまでの全部を捨てて、たったひとりで、とにかくそこに行ってみようと思って行ってみたら、たどりついたその場所ではふたつの海流がせめぎ合って、うずを巻いて、うず潮になっていた」(17)。いま私の脳裏で、あの浜辺の学生たちの黒い円陣と、このうず潮のイメージが重なって、静かに、荒々しく回転している。

（17）『フランシス子へ』講談社、二〇一三年、一〇二―一〇四ページ。

付録

吉本隆明『宮沢賢治』を読む

気層や第三紀や銀河を縦横無尽に疾走する奔放な想像力と、「雨ニモマケズ」の少しいじけてみえるさびしげな隠遁者の姿、かと思うと、やや鼻持ちならないジョバンニとかカムパネルラとかいった固有名詞のマニエリスム。私の記憶のなかに、宮澤賢治のこんなイメージがちくはぐに同居したまま、それでも、ひとつの異様にナイーヴな真正の詩的存在としてずっと生きつづけてきた。賢治の詩では、「いかりのにがさまた青さ」という不透明な、有機的内面を示す言葉が、突如として「四月の気層のひかりの底を」（「春と修羅」）というような、無機質の透明な宇宙に滑っていく。たんなる叙情や躍動をはるかに逸脱してしまうイメージの伸縮には、たしかに比類のない詩的なエッセンスを感じていた。そしてこの詩的エッセンスは、あの童話的な作品と一体になって不思議な〈ナイーヴ〉さを帯びている。賢治の〈ポエジー〉と〈ナイーヴ〉とは、どうしても不可分である。無機質と有機質、自然と心理を自在に往還し、たがいに浸透させていく賢治の詩法は、ある〈ナイーヴ〉な体質に包まれていて、この〈ナイーヴ〉さが、賢治という存在の全体を読みとることをむずかしくしている。

長いあいだ賢治を読まないできた私は、吉本隆明がおりにふれては書いてきたテクストによって、賢治という存在をいままでひとつの謎として保存することができたようだ。この本は、賢治と法華経との出会いから語りはじめ、賢治のなかで詩魂と倫理とがどこで交錯し、どのように作品として結晶しているかという問いに、とても繊細な書き方でせまっている。「繊細な書き方」だと思うのは、童話という形をとる賢治の表現の屈折に対してとっている距離がていねいで微妙だからである。賢治は子供を主人公にした物語を書きながら、たしかにみずからも子供になろうとする。なぜ、どのようにして人は「童話」を書くのか、という問いは、それ自体むずかしく興味深い主題だが、賢治が童話を書くプロセスは、賢治の〈ナイーヴ〉の固有性に直結していて、しかもそれは法華経に照らされた「他界」の思考にまでとどいてしまうのである。賢治が性を忌避し、妹の死に執着し、妹の魂と交信しようとし、世俗的な成熟を斥けるようにして生きたことは、この〈ナイーヴ〉の現実的な骨格になっている。けれどもこの本を読むと、賢治が成熟しなかったのは、ほとんど成熟を飛びこえて、死の視線や他界の像に接触しながら、この死や他界の遠近法を生命感でみたそうと必死に試みたからだと感じられてくる。

「さまざまな視線」という章をもうけて、この本は、賢治の作品を構成する視線の錯綜を解いている。賢治の物語には、作中人物の視線からのぞかれた細かい情景と、誰のものでもなく、たぶん作者の視線に見られた遠景とがたえず交錯する。ふたつの視線が往復する速度やリズムが、すでに生き生きとしたポリフォニーで物語をみたしているが、この二重の視線はさらに分岐して、ある不思議なまなざしに照射される。あるときには世界を俯瞰するような視線として、あるいは「菩薩」の視線として、また仮死状態から蘇生した人がしばしば経験する、周りの人を天井から見下ろすような視線として、このまなざしはあらわれる。このような視線の激しい交替が、まるで電脳空間や宇宙空間をさまようような、加速された透明な感覚を賢治の作品に与えているのだ。

著者は『銀河鉄道の夜』についてこう書いている。「ジョバンニもジョバンニの父も母も姉も、それればかりでなく登場人物のすべては、輪郭をもたない人物の像に変貌し、現実でない雰囲気のなかにおぼろ気に浮びあがったホログラフィックな映像に近くなって、かえって鮮明にされる」。熱にうかされたり、放心状態でさまよったりする子供の生きる伸縮自在な時空を設定することで、このような視線のポリフォニーは強化され、人間の無意識と物質がふれあう面に物語が展開されるような効果を生み出している。そしてこの時空は、同時に「他界」の映像としてあらわれると著者はいう。

私は読みながら、ボルヘスがスウェデンボルグについて言っていることを思い出した。「他界といえば、つい漠として捉えがたい世界を思い浮かべがちだが、スウェデンボルグに言わせれば、じっさいはまったく逆で、他界では五感が地上にいる時よりもはるかに生き生きと働いているとのことである」（『ボルヘス、オラル』木村榮一訳）。人は神秘的エクスタシーについて語るとき、しばしば現世的な、セックスやアルコールの比喩を用いて語るが、スウェデンボルグはそうではない。彼は「見知らぬ土地を旅し、その様子を冷静な態度で綿密に描き出してゆく旅行者」のように他界を描いた、とボルヘスはいう。

賢治は法華経から、ある過激な排他性と闘争をともなった信仰(「かれの生涯をねじ伏せるほどのつよい影響」)を受けとった。教養というよりも、その強いリズム、激しい脱我の要求が、たぶん賢治を独特な「神秘家」にしたのだろう。「神秘家」といっても、どんな権威をまとうこともなく、まるでたよりない子供のような「神秘家」である。そして賢治は、叙情とも暗喩とも幻想ともいえないひとつの「他界」を、無意識と死がむきあうような平面の映像として生み出したのだろう。

しかし、この本は賢治にとって「ほんたう」のものは何か考えながら、もうひとつの問いを提出する。大切なのは「ほんたう」が「ほんたう」でないものよりも下位にある、という逆説を認識していることだと著者はいう。賢治の自己犠牲的な「性格の悲劇」は、結局「生物の秩序と差異を緩和し、ひとつに融かしてしまう代償」であった、ともいう。ほんとうとは、「心理」や「知」を斥け、けっして他者に対しても生物に対しても自己を優越としてたてないことであり、人間が他人に対して、生物に対して行使するいっさいの権力を斥けることだ。これはほとんど不可能なことだが、賢治はいつもこの不可能を呼吸するようにして創作する。彼の「無償の質」、「おどおどいじけている存在」への関心は、こんなふうに理解されている。

ポエジーのきらめくような疾走と、こんなふうに突きつめられた倫理とが共存する場面は、たとえばランボーの「地獄の季節」にもみられる。「それぞれの人が、ぼくには他の人生をいくつか背負っているように思えた。この人は、自分がしていることを知らない。彼は天使なのだ。この一家は、犬の群れだ。数人の人間を前にして、ぼくはかれらの他の人生の一瞬と声高く語り合った。こうしてぼくは豚を愛した」。キリストと同一化し、慈悲のなかに迷いこみ、改心しては瀆神し、ランボーは光にみちた新しい町のほうへ歩んでいった。

賢治もまた「さまざまな眼に見えまた見えない生物の種類がある」と書いた（「小岩井農場」）。詩的な言語によって身体と精神の境界を炸裂させ、死者の見る世界かと思えるほど視線の限定から逸脱したところに、このような倫理があらわれる。他界のまなざしの前で、すべての物は仮の姿であり、見えないものと見えるものとは等しく、生命には優劣などありえない。この本で浮かびあがってきた賢治の〈ナイーヴ〉の光学を、ランボーにもむけてみたくなる。「幻想が向ふから迫つてくるときはもうにんげんの壊れるときだ」などと書いた賢治のぎりぎりの表明は、たしかにもう倫理とか美学とかの区別が不可能な領域を示している。この本は、賢治のナイーヴな中心にある諸境界の光学を明るみに出したのだ。この光学は、過ぎ去ったものではなく、これから来るものを暗示しているのではないだろうか。

みるも無残な近代…？　吉本隆明『詩学叙説』

「詩学」という言葉を久しく耳にしない。詩のほうはたしかに存在している。短詩型は、むしろ詩よりもにぎわっているかにみえる。詩の批評らしい文章も姿を消してしまったわけではない。大学には生涯を詩の研究にささげる人もまだいる。けれど詩学というほどの、詩を原理論的に考察しようとする試みは、絶滅したというわけではないとしても、あまり目に付かない。私はいまこのことを現代日本の文芸ジャーナリズムについていっているが、これはある程度まで世界的な現象のようにみえる。そういうふうに思考の対象が移っていくのはいつものことで、それを慨嘆しようというのではない。「詩学」が衰退していることは、「詩」の命運とある程度まで相関的なのだろう。「詩」も「詩学」も、ジャンルの浮き沈みとは別に存続するにちがいない。けれども、詩を論ずることがほとんど存在論的問題であった時代のことを、いまこの『詩学叙説』を読んでまざまざと思い出すのだ。「詩学」に賭けていた何かが、私たちの思考の遍歴のなかにもたしかにあった。

詩を読み、詩について考えることは、必然的に言語について考えることだったし、詩的言語の、社会に対する、歴史に対する、生に対する存在理由を考えることにつながった。詩的言語は少なからず異様な言語であって、その異様さは何よりもまず社会的な文脈で考えるべきものと思われていた。その非社会性さえも社会的な性質をもっていると考えられた。しかし、詩と社会をこんなふうに対立的とみる見方は、詩の歴史的転回につれて出現したものにすぎず、詩的言語は人類史のあらゆる場面で長いあいだリズム、歌、祝祭、儀礼とともにあった。必ずしも詩は、非社会的ではなかった。

幻想、国家、大衆、自立、非知、言語……をめぐる吉本隆明の思想が、いつでも詩とともにあり、とりわけ詩学とともにあったことの意味はなんだろうか。『詩学叙説』を読んで、それをあらためて考える。詩学がひとつの思想の中心にあり、思想を牽引し、つねに見守っていたのだ。

『詩学叙説』のそもそもの出発点は、七・五調の韻律という詩的日本語の伝統的身体と、とりわけ西洋から来た新たな表現（その主題、意識、形式）とのあいだで、詩人たちがどんな葛藤を経験し、どんな解決、創造をおこなったか、という問題である。それぞれに代表作といってよい『西行論』『良寛』『高村光太郎』『宮沢賢治』のような詩人論とは異なって、この本で吉本は、むしろ形式と表現の葛藤的歴史として日本近代詩を読みこんでいる。そして日本語の韻律（定形）はほぼ解体しても、この韻律と一体であった「感性的な秩序」が詩的言語に根深く浸透したままであったと否定的に主張している。

この本には、二〇〇〇年代に書かれた「詩学叙説」とその続編のあと、五〇年代から六〇年代にかけて書かれた論考が配列されているが、論旨は一貫している。吉本は、近代詩が真に詩を近代化することに失敗した歴史を分析しながら、日本のファシズムと戦後日本の政治体制をも、これと本質的に関連させている。詩の歴史は、こうしてまさに政治史、イデオロギー史を照射するのだ。ここに詩人論はないといっても、北村透谷だけは別格で、吉本はこの本のなかでも印象に残る文章を書いている。「透谷のくびれた死骸のうえで、日本のみるも無惨な近代は、その経済的、社会的な基礎工事を完了する」(「日本近代詩の源流」)。透谷は、明治の社会思想的課題と日本語の伝統的身体と近代詩の感性との間に引き裂かれて死ぬが、ほぼ同じ時期に、日本は文明的葛藤を表面上は収拾していったということである。

じつはまさにここに吉本思想に独特の屈折が表現されていて、けっして看過することができない。早くから、詩作品を読みながら日本の戦争を批判することを本質的な課題にした吉本は、詩的テクストを読むことによって知識や思想の背後にある無意識を、肉声を、身体を、いわば精神分析する手法を鍛えあげていた。その聴力と構想力から、私たちは多くを学んできた。

その発想はたぶんに歴史主義的であり、「後進国日本」の庶民、知識人、西欧化、近代化などを基本的な問いの要件とするものだった。『詩学叙説』は日本の近代詩における、めだたないが重要な錯誤にとりわけ注目している。ひとつは新体詩を通過して、徐々に伝統的韻律を解体しながらも、擬古典的なイメージや主題にしがみつかざるをえなかった象徴詩(蒲原有明、薄田泣菫、三木露風)

の「移植の失敗」である。もうひとつは、モダニズムを体現しながら戦争を賛美する詩作に滑りこんでいった「四季派」（とくに三好達治）が「知的構成力と素材」のレベルではモダンでありながら、「感性的構造」においてはまったく「後進的」「庶民的」な情緒と一体であったからこそ、そのような転向を避けられなかったという事実である。「現実社会の秩序が機能的に批判または否定されないところでは、詩を構成している感性の秩序は、現実社会の秩序と構造をおなじくする外はないのである」。意識において異なっていても構造においては同じであることを一貫して批判の根拠とする吉本は、まさにひとつの構造主義を提唱していたといえる。しかもそれは、近代、後進、階級の概念にはっきり依拠しているかぎりにおいて歴史主義的構造主義であって、けっして歴史主義それ自体を疑うものではなかった（もちろん彼の詩人論においては、ときとして歴史から自由な詩人が捉えられることがある。そこで詩は歴史を超えることはないとしても、少なくとも歴史に還元されない次元をつくりだす）。

ここに吉本隆明の立場をめぐる複雑な問題が横たわっている。彼は、次々と西欧から新しい思潮や技法をとりいれはするが構造的に思考と感性を変えられない日本の知識人を一貫して批判してきた。それなら元凶は、西欧に追随する姿勢そのものなのか、それとも問題は「移植の失敗」であって、深層構造において日本的なもの（後進的なもの）を解体することのできない私たちのいい加減さなのか。ヨーロッパにしたがうことそれ自体の「屈辱」なのか、それともヨーロッパに中途半端にしかついていけない「不覚」なのか。文学意識と生活意識、内部世界と外部世界、あるいは作品と作者を峻別する厳密さを、この本でも吉本は西欧の先端的詩人の特徴としている。彼は西欧の思想的達成を高く評価する一方、これに追随し、しかもよく追随しえない日本人を批判する。彼の問題提起のこのような両義性を別段疑うこともなく、その立場を思想的ナショナリズムとして受容する傾向も多分に存在してきたのだ。自前の思想をつくらないでどうする、という恫喝にも多くが共鳴したのだ。いったいなんのための自前の思想なのか。異邦の人に誇ってみせようというのか、それとも「井の中の蛙」と添い寝するためか。

詩、そして文学の問題を構造的に政治化し、政治的に構造化したことは、この思想の大切な成果であるにちがいない。吉本は「追随」ではなく独自の道を通って、西欧の思想に匹敵しうる何かをつくりあげたにちがいない。私たちはこれから貴重な恩恵を受けているけれど、吉本の西欧の評価も、日本語と日本的感性の構造を切開するという問いの提出もすでに私たちのものではない。

問いはただ風化してしまったのか。いつのまにか日本、アジア、ヨーロッパの境界はまったく薄いものになってしまった。しかも日本的感性はたしかにあって、しつこく日本を、その政治を、共同体を囲んでいる。詩学どころか言語の、日本語の存在そのものが「まなざし」の対象になることがない。しかしそのぶんだけ、日本語が日本をあいかわらず無意識に規定しつづけている。

吉本は、知識（人）の自己欺瞞を批判する一方で、資本主義下の大衆の無意識が、おのずから解放にむかうことを主張してきた。「解放された」大衆はみんな知識人のようになり、知識人が大衆化してしまった今日、そのような階級論は無効にみえる。西欧の知的覇権がぼろぼろになり、穴だらけの日本のナショナリズムが、はるかに旺盛に無境界の世界にたちむかう人びとの群れを前にして無効になっている。そういう事態に対して吉本の史観も階級論も、なんの勇気も与えはしない。

ところが『詩学叙説』の「あとがき」で、蕪村の書簡にあらわれる不定形と定形の組み合わせからなる例外的な短詩表現に、吉本は注意をむけている。歴史、社会、階級の大きな枠組みの思考を、しばしば詩的言語という、私的、身体的、非歴史的な無意識にとどくデータに依拠して持続してきた吉本が示すこのささいに映る考察は、けっして退行的ではない肯定的な到達点と感じられる。

倫理的なもの、詩的なもの

この人の思想からたくさん触発され、問いを受けとり、その問いに反応してまた問いを増殖させてきた。だから、追悼といっても複雑なことになる。自分のなかの葬ってしまった部分、凍らせ、忘れてしまった部分さえも追想することになる。そして著者は逝っても、その思想は死なない。その思想がただ不滅であると言いたいのではなく、多くの問題提起が、そして与えられた答えが整理されないままに、まだ反響しつづけてやまないのだ。

私はその思想から、何よりもまずひとつの〈倫理〉を受けとったようである。あの戦争（そして転向）の批判的思索から始まり、マルクス主義からマルクスを峻別しようとしたその思索は明らかに政治的な課題を帯びていた。しかし、その思索の本体そのものはきわめて倫理的であり、倫理的であることによって政治に反逆していたのではないか。そのような倫理をむしろ吉本隆明は、福音書や親鸞について考えながら凝縮させたのだ。「関係の絶対性」（「マチウ書試論」）という観念からは、政治的知性によって操作しうる人間関係のはるか根源に横たわる動かしがたい生の規定が浮かびあがってきた。この日本にかろうじて構築されてきたかもしれない政治的理性よりも、むしろ大衆の無意識に政治的主体を見いだすこと、この発想は政治に関して政治的にではなく倫理的にふるまうという選択と一体だった。その選択には必然的な強い動機があったとしても、強い倫理性ゆえに、むしろ政治的な思考を抑圧してしまったかもしれない。

私は「政治的なもの」という理念に一貫してこだわったハンナ・アレントのことを思ったりするのだ。複数性を原理とする政治は、倫理的にひとつの汚点もない人間の行為ではない。政治が倫理と一致するときには恐怖政治さえも生み出される。アレントは「政治的なもの」の肯定的表現を、フランス革命よりも独立期のアメリカにみていた。

戦後の混乱期や日米安保条約締結の時代を生きた人々のあいだにあって、すでに構成されてしまった政治ではなく、構成すべき政治のイメージを、吉本隆明は「自立」の思想としてひとつの倫理とともに提案した。私はそこからたしかに「構成的権力」のイメージを学んだが、それをむしろ彼の非政治的な倫理とともに学んだのだ。

マスコミから〈バッシング〉を受けた「イエスの箱舟」の千石剛賢から、果ては麻原彰晃まで擁護し、暴力事件を起こした戸塚ヨットスクールをもむしろこの社会の抑圧に追いつめられた青少年を救済する宗教者的行為として肯定しようとした。そういう吉本の対応にいちいち共感できなかったとしても、彼の倫理がそういう形で表現されつづけたことは、そうなるほかなかったと思う。

そして彼の思想が生涯〈詩〉とともにあったことも忘れがたいことだ。この人のあとの思想界に、およそ詩的思想というものは姿を消してしまった。思想はかぎりなく社会学になってしまった。社会的現象の因果関係を解明し、なんらかの方針を提案することという不断の要求に、思想も哲学もすっかり馴れあい、屈服してしまったようなのだ。

もちろん、詩とともにあることが必ずしも思想の力になるわけではない。明晰であり論理的であることが思想の必要条件であるとすれば、詩的であることなどむしろあいまいさであり欠陥ではないか。しかし詩的な思想とは必ずしも文章、文体が詩的であることを意味しない。ニーチェの哲学はたしかに詩的思想であり、しばしば短い断章や箴言の形をとったが、詩的なものは、むしろ彼の思想のモチーフと振幅に、彼の思想の〈身体〉にかかわるのだ。

「固有時との対話」は哲学的な詩篇だが、けっして哲学を詩にしたものではない。詩的に哲学を述べたものでもない。詩であるためにはあまりに論理的であり、論理的であるためにはあまりに詩的であるこの作品には、しかし特異な強いモチーフが圧縮されていて、吉本の思想のすべては、その後にこの詩篇のモチーフをあらためて解釈し展開することに費やされた、という印象さえ与える。

テレビでも放映された「芸術言語論」をめぐる最晩年の講演で、他でもなく「自己表出」という用語をもう一度とりあげていたのは印象的だった。「自己表出」は言語のコミュニケーションの面ではなく「沈黙」の面を意味すると饒舌に語り、明快な説明を与えていた。詩とは言語の自己表出、自己意識、自己生成に密着した表現であり、いわば起源の言葉でもある。未完に終わった膨大な書

『心的現象論（本論）』で、吉本は、精神病理・精神分析を人類学や歴史言語学と架橋する発想を描いている。あたかも精神のあらゆる病理は人間が母胎から離れていく過程そのものにあるといわんばかりに。

最後まで居残った彼の思想の骨髄は、政治的なもの、倫理的なものでさえなく、詩的なもの、起源的なもの、母型的なものだったのか。この思想の軌跡は新たな読解を要求している。

あとがき

追悼の文をいくつか書くうちに、一冊の本を書かなければと思いだした。吉本さんの死後一年間、納得のいくまで読み改めたところで、この春一気に書き進んだ。吉本さんの霊でなくても、死のもたらした空白が背中を押していた。もちろん、すんなり書けたわけではない。かつて強い影響を受けたあと、徐々に吉本さんの発想から離れるようにして、思想や批評の文章を書きながら私自身が考えてきたことは、多くの点で彼の原則や方法に離反していた。いまさら和解することなど思わなくても、その「離反」にどういう問題がひそんでいるか、考えなおすことなく進むことはできない。

もちろん第一に、彼の思想がなんだったか、私の視点から正確に読みとくことをめざしたが、批判的な見方をいたるところにちりばめることになった。そのことによって、むしろ吉本さんの思考の強靭な独創と本質性が浮かびあがってきているといい。

はじめてお宅を訪れた機会に、吉本さんの仕事机のうえにドゥルーズとガタリの『カフカ』の訳書が置いてあった。吉本さんは、その内容に驚いていたらしく「こういう発想はいったいどこからきたんでしょう」と尋ねられたのを覚えている。帰り際には「あまり学者的にならずに思想の巷で頑張るように」という意味のことを言われて励まされた（私はその助言をあまり守れていない）。また一九八七年九月の「いま、吉本隆明25時」という集まりに参加して、午前四時三十二分という異例の時刻に「批評と無意識」という題で話をしたあと、吉本さんと対話するという機会をもったこともある。そのあとはもう接触を求めないまま私自身の道を歩んできた。しかし批評的な文章を書く姿勢じたいに吉本隆明の影響はおよんでいたと思うから、訣別したという思いはない。

吉本さんの本に関心がなくても、『反核異論』の吉本さんの発言や、最期の原発擁護の意見を覚えている人々が少なからずいる。その意味は、彼が戦後からどういう思想をつみあげてきたかつかまなければわかりがたい。彼の立場は、もちろん国家や企業や電力会社の原発推進の方針とはほとんど関係がない。私は彼のこの考えを理解するが、しかし賛成ではない。

電力の問題に関しては、このごろ合衆国ではまったくの自由市場で分刻みに売買されるようになった多種の電力のうち、安全対策や廃棄物処理のコストがあまりに莫大なため原子力が撤退するケースが出始めているという。吉本さんが考えたように、この世界の科学技術や資本主義の発展を、そしてそれをもたらしてきた人間の叡智をけっして後退させることができないとすれば、まさにこの面から原子力は野蛮で不条理な過去のエネルギーであるかもしれないことが露呈しつつある。

このことも含め吉本さんの時事的発言のあとを精密に考察しようとすれば、それなりの周到な準備がいる。吉本さんは、いつも（とりわけ晩年は）大胆に意見を述べつづけた。テレビのどんな番組もよく見て「世情」を考えていた。それも大事な一面で、将来吉本隆明の伝記を書く人は無視してはならないだろう。しかし私のこの論では、ただ中心の思考の波動を追うことだけに集中するしかなかった。

最後に『映像身体論』、ジュネの『判決』訳に続いて、この本のため細心の編集作業を担当していただいた遠藤敏之さんに感謝する。

宇野邦一

二〇一三年七月

初出一覧

〈吉本隆明　煉獄の作法〉

序章　「現代思想」二〇一二年七月臨時増刊号（「総特集　吉本隆明の思想」）

第Ⅰ部―終章　書き下ろし

〈付録〉

吉本隆明『宮沢賢治』を読む　「マリ・クレール」一九八九年十二月号

みるも無残な近代…？　「るしおる」61号、二〇〇六年七月

倫理的なもの、詩的なもの　「現代詩手帖」二〇一二年五月号（「追悼総頁特集　吉本隆明」）

著者略歴

（うの・くにいち）

1948年，島根県生まれ．京都大学文学部卒業後，パリ第8大学で文学と哲学を学び，アントナン・アルトーについて博士論文を執筆．立教大学現代心理学部映像身体学科教授．著書『意味の果てへの旅』（1985）『風のアポカリプス』（1985）『外のエティカ』（1986）『混成系』（1988，以上青土社）『予定不調和』（河出書房新社 1991）『日付のない断片から』（1992）『物語と非知』（1993，以上書肆山田）『D　死とイマージュ』（青土社 1996）『アルトー　思考と身体』（白水社 1997 / 増補・新装復刊 2011）『詩と権力のあいだ』（現代思潮社 1999）『他者論序説』（書肆山田 2000）『ドゥルーズ　流動の哲学』（講談社選書メチエ 2001）『反歴史論』（せりか書房 2003）『ジャン・ジュネ　身振りと内在平面』（以文社 2004）『破局と渦の考察』（岩波書店 2004）『〈単なる生〉の哲学』（平凡社 2005）『映像身体論』（みすず書房 2008）『ハーンと八雲』（角川春樹事務所 2009）『ドゥルーズ　群れと結晶』（河出ブックス 2012）*The Genesis of an Unknown Body*（n-1 publications, 2012）『アメリカ、ヘテロトピア』（以文社 2013），訳書ドゥルーズ＆ガタリ『アンチ・オイディプス』（河出文庫）ベケット『伴侶』『見ちがい言いちがい』（以上書肆山田）ジュネ『判決』（みすず書房）ほか．

宇野邦一

吉本隆明　煉獄の作法

2013年 8月 9日　印刷
2013年 8月19日　発行

発行所　株式会社　みすず書房
〒113-0033　東京都文京区本郷5丁目32-21
電話　03-3814-0131（営業）　03-3815-9181（編集）
http://www.msz.co.jp

本文印刷所　萩原印刷
扉・表紙・カバー印刷所　リヒトプランニング
製本所　誠製本

© Uno Kuniichi 2013
Printed in Japan
ISBN 978-4-622-07750-3
［よしもとたかあきれんごくのさほう］
落丁・乱丁本はお取替えいたします